dj 著

7-11,
遇見

在我們家、學校或公司附近，大概都有著幾家便利商店吧？
講求方便的便利商店，人們總是來去匆匆，叮咚一聲進來，
很快的買個飲料、便當就結帳離開了。
而在台灣的某家便利商店，有幾個年輕男女走進了這家店
裡，接著，故事便開始了……

子軒

　　其實，7-11的City Cafe並不算特別好喝。

　　不過，我卻幾乎每天都會喝上一杯，尤其當論文寫得不順利時，我便會起身到住處附近的7-11買杯拿鐵，然後在店裡玻璃窗前坐下來，望著窗外來來往往的車輛和人們發呆，直到咖啡喝完為止。

　　「歡迎光臨！」叮咚一聲後，隨之而來的是店員的親切問候，迎來了一天的咖啡時光。

　　我站在City Café櫃檯前，心想這些天都喝拿鐵，要不要換個口味時，身後突然有個好聽的聲音響起，接著，一陣香氣襲來，嗯？這是薰衣草的香味吧？

　　「請給我一杯拿鐵，謝謝。」薰衣草香味的主人插隊的說，難道她沒見到我人在櫃台前嗎？

　　心裡有些不快的我，轉頭去看身旁的不速之客，卻意外的被薰衣草香味的主人電到了。明亮漆黑的雙眼、白皙的臉龐、帶些稚氣的可愛模樣，完全正中紅心，怎麼會突然殺出個這麼可愛的女孩？早知道剛剛就不穿短褲、涼鞋出門了……

　　店員也是個可愛女孩，她眨著無辜的雙眼，為難的望著我，我微笑的說：「沒關係，先給小姐好了。」

　　「啊！對不起！我剛剛沒注意到，好像是你先來的？」薰衣草女孩道歉的說。

　　「沒關係的。」我微笑的說，男生就是這樣，一碰到可愛的女孩就沒轍了，何況，還是自己喜歡的類型。

　　「真抱歉，不過你人真好呢！」女孩道謝的說。

　　其實，若我裝扮一下的話，看起來會更好的，不過大概沒機會讓女孩見到了，以前聽過，有女孩連倒垃圾都要打扮得漂漂亮亮的趣事，那時只當成笑話，沒想到真有派上用場的一天。

不過，誰也無法預料，自己喜歡的人，會在哪一天突然出現。

結完帳後，我原本想在店裡找個位子坐下來喝咖啡，但這時，店裡只剩下一個位子——薰衣草女孩身旁的位子。

因為只剩一個位子，所以，我沒得選擇，只好坐那兒，就這個角度來想，不是很自然嗎？或許，這是上天的旨意，讓我有機會跟女孩有更多接觸。

但換個角度想，咖啡明明可以外帶，卻偏偏要坐在女孩身旁喝，一定是對她有企圖，她會不會這樣想呢？

但我明明就想多認識她一點，想跟她多說些話，現在有這機會卻不把握，不是太笨了嗎？咦？我這不就是對她有企圖嗎？天呀！我今天為什麼要穿短褲、涼鞋出來買咖啡！？該死！我的腳毛為什麼這麼長！？

「咦？對不起，你想坐這兒？我的包包擋到你了嗎？」薰衣草女孩回過頭來，見到拿著咖啡胡思亂想的我，神情歉疚的說完後，立刻把桌面上的包包移到自己腿上。

好可愛的動作！才五分鐘，我已經為她怦然心動，慘了！我連她叫什麼名字都不知道，就隨便的喜歡上人家，萬一她以後都不在這家7-11出現的話，那該怎麼辦？

其實，我很想裝酷的一走了之，但又擔心以後再也遇不上她，只好硬著頭皮坐下來，女孩對我笑了笑，接著繼續傳她的簡訊。

女孩顯然是個簡訊高手，打簡訊的速度非常快，但比那更快的是我的心跳聲，再不克制一下，我或許會成為台灣心跳最速男！

「呃，這香味，是薰衣草吧？」我用盡了所有撰寫論文時的理性與冷靜，才勉強擠出這句話。

「呵，是呀，是薰衣草洗髮精的香味，你聞得出來？」女孩暫停

傳簡訊的動作，微笑的回答。

「嗯，因為我有在用精油。」我說。

「精油？做什麼用呢？」女孩好奇的問。

「聽說薰衣草和佛手柑有舒緩精神、緩和失眠症狀的效果，所以才去買來用的。」我簡短回答

「咦？你失眠嗎？為什麼呢？」女孩流露出關心的眼神。

「因為寫論文的關係吧。」我猜測的說。

「失眠的話，還能喝咖啡嗎？」女孩望著我手上的咖啡，擔心的問。

「呃……」我一時語塞。

「對不起！我只是問問……」女孩神情歉疚的說，真是個體貼的女孩呀。

「沒關係的，妳說的沒錯，既然會失眠，為什麼還要喝咖啡呢？但每當論文遇到難題時，喝杯咖啡放鬆一下，難題常能迎刃而解，大概是這樣吧？」我無奈的說。

「當研究生真辛苦呢，你要加油喔。」女孩兩手握拳的說，可愛的女孩不管做什麼動作都很可愛，慘了！我已經不可自拔了！

我強忍著逐漸失控的心跳，繼續和女孩搭話，女孩也逐一回應，似乎並不討厭我，她說她是附近大學的大三生，不過像她這麼可愛的女孩，應該經常有男生跟她搭訕吧？或許她只是禮貌性的回應我而已，其實心裡想著「像這種短褲、涼鞋腿毛男，也敢來搭訕我？」

我這輩子從沒這麼痛恨過，這跟了我十年的短褲涼鞋裝！這樣的我，怎麼有勇氣問她的名字、跟她要聯絡方式呢？

「不過，你好像經常來這裡喝咖啡？」女孩主動的問。

「嗯，是呀。」我略帶困惑的回答，不過，她怎麼會知道呢？

「我下課經過時，偶爾會見到你一個人在店裡，若有所思的望向窗外，有些好奇你在想些什麼呢。」

「……」我望著女孩，驚訝的說不出話來，原來在我發現女孩之前，女孩已經先發現我了。

「啊？對不起！你生氣了嗎？我不是故意要偷看你的，因為我是心輔系的學生，對人們的心理狀態很感興趣，所以，才那樣的……」女孩一副做錯事的表情，簡直可愛到破表。

我連忙搖頭說：「我沒有生氣。」

是呀，怎麼會生氣呢？高興都來不及了！

「那就好，呵。」女孩鬆了口氣後，笑了笑。我敢說這一定是世界上最好看的笑容，既然被我遇見了，怎麼能不好好把握呢？

「聊了這麼多，還不曉得妳的名字呢！我叫子軒，妳呢？」我鼓起勇氣，開口問。

「朋友都叫我小芙……」女孩有些害羞的回答。

小芙，和她一樣可愛的名字。

接下來，就是聯絡方式了，但我這麼突然的跟人家要電話，會不會嚇到她呢？她會給我嗎？要不要熟一點再跟她要呢？

「啊！對不起，我得回學校上課了，很高興認識你喔，有機會再一起喝咖啡吧！」女孩說完，拿起包包起身朝門口走去。

啥！？就這樣結束了？有機會再一起喝咖啡？下次是什麼時候？要等多久才能再見到她？

「叮咚」一聲，女孩走出去時，還不忘對我微笑，一時間我看得有些呆了，我望著窗外女孩的身影逐漸遠去，腦海裡突然出現一個聲音。

「要追，就趁現在！」假如現在不追，或許以後就再也遇不上了！

想到這兒，我突然一躍而起，開始拔腿狂奔，不小心撞上了剛從店外走進來一對身穿制服的高中生，我連忙道歉，但高中男生用嫌惡的眼神看著我，或許因為我嚇到他身邊的女孩吧！

　　但為了追求自己的幸福，也管不了這麼多了！這麼一耽擱，女孩的身影在轉角處消失了，我著急的追了上去……

　　小芙，等一下，我還想再跟妳一起多喝幾杯咖啡呢！

小雁

　　那男生突然朝我們衝過來時，還真是嚇了好大一跳，甚至忍不住叫了出來，唉，我怎麼那麼膽小呢？不曉得阿謙會不會笑我？不過，那男生衝過來時，阿謙他擋在我前面，像是要保護我……難道，阿謙他對我……有好感嗎？

　　不，別亂想了！阿謙在學校那麼受歡迎，我也沒長得很可愛，他有什麼理由對我另眼相看呢？就算他想保護我好了，那也只是他身為男生的紳士風度吧？

　　「小雁，沒事吧？」阿謙神情平靜的問。

　　「呵，嚇我一跳，我真是膽小鬼。」我傻笑的說。

　　「還是第一次見到，在7-11裡奔跑的人。」阿謙若有所思的說。

　　「對呀，我也是第一次見到，應該有急事吧？我看他好像去追一個女孩了，不曉得追上了沒？」我回答說，雖然只是匆匆一瞥，但那男生長得一副書生模樣，就是短褲太不OK了，否則應該也是個帥哥吧？雖然，沒阿謙帥……

　　「……」阿謙突然望著我發愣。

　　「怎……怎麼了？」阿謙的視線讓我覺得緊張起來。

　　「小雁，妳臉紅了，為什麼？」阿謙好奇的問。

　　笨蛋，當然是因為你呀！我的純真少女心，怎麼抵擋得住你的灼熱視線呢？別再那樣看我了啦！

　　「呃，是嗎？可能是因為嚇了一跳，而且這間7-11的冷氣不太涼呢！」我亂掰的說。

　　「那要不要喝杯思樂冰？我請妳。」阿謙提議的說，他一直是個大方的男孩，只可惜，他對別的女孩也一樣。

　　我早就知道，在他眼中，我並不特別。但女孩子，即使沒什麼了不起的特點，長得也沒特別可愛，但仍希望自己在喜歡的人眼裡，是唯

一特別的存在。

「謝謝，但不用了啦！」我微笑婉拒，阿謙聽了只是微笑的聳聳肩，不勉強，是阿謙的一貫態度。

「巧克力，是擺在……」阿謙邊喃喃自語，邊在商品架上掃視。

「啊！在這裡！」阿謙高興的說。

「7-11賣的巧克力，大概也只有金莎比較好一點。」我說。

「妳喜歡金莎嗎？」阿謙轉頭問我。

「嗯，還OK。」我不置可否的說。

「那就買這個吧。」阿謙很快的作了決定，拿了盒12顆裝的金莎。

「買這麼多，原來你很愛吃巧克力呀？」我問，早知道阿謙喜歡吃巧克力，今年情人節，我就鼓起勇氣送他了，但在情人節前幾天，知道好幾個學校的漂亮女生都要送他巧克力，不想被其他女孩比下去的我，最後並沒有把準備好的巧克力送給阿謙。

阿謙搖搖頭，接著回答：「我沒要吃，這是要送人的。」

「啊！？送人？」我愣了一下。

「嗯。」阿謙點頭，接著把巧克力拿到櫃檯結帳，這家7-11的午班店員，是個有著梨窩的可愛女孩，學校很多男生很喜歡到這家7-11來，最近阿謙好像也常來，該不會他也迷上可愛店員了吧？

想到這兒，我不禁感到妒火中燒，惡狠狠的望著可愛店員，但她只是專心幫阿謙結帳，並沒有注意到我的凶狠神情。

「妳幹麼？身體不舒服？」阿謙望著我說。

「呃，沒什麼！大概是昨天沒睡好。」可愛店員沒見到的凶狠神情，卻被喜歡的男孩看到了，超糗！所以說，被妒忌沖昏頭，而失去理智的女生實在太可怕了，我要小心別變成那樣。

「喔。」阿謙應了應，為什麼你能那麼雲淡風輕呀！真的很討厭耶！

「為了白色情人節買的嗎？」我問。

「咦？妳怎麼知道！？」阿謙驚訝的望著我。

「拜託，這是常識好不好！」我又好氣又好笑的說，難道我在阿謙眼中是個沒常識的笨女孩嗎？

「我以為妳只喜歡打排球呀。」阿謙回答。

「喂，就算我是女排校隊，也不代表我只會打排球好不好？」我沒好氣的說。

「對不起……」阿謙鄭重道歉的說。

「呃，沒關係啦。」我說，這下子換我尷尬了。

「那你打算回送給誰呢？」我問，心裡感到有些苦澀，因為男生在白色情人節回送給哪個女生巧克力，就代表他接受了哪個女生，不曉得學校哪個女孩擄獲了阿謙的心，應該是二年級的方遙華吧？她那麼漂亮，又是學校熱音社的主唱，不像我整天練球，滿身臭汗的……

如果是方遙華，跟已經練了十年小提琴的阿謙，簡直就是絕配，連我都不禁想起立鼓掌。

「回送？」阿謙臉上滿是問號。

「你不是要回送給情人節送你巧克力的那些女生嗎？」我好奇的問。

「一定要回送？」阿謙表情為難的問。

「若你不喜歡她們，也不一定要回送啦。」我解釋的說。

「喔，那就好，我只聽說白色情人節，是男生要送女生巧克力的日子。」阿謙鬆了口氣的說。

「正確的說，應該是回送女生巧克力的日子，妳回送給哪個女

生，表示你也對她有意思，想要跟她交往看看。」我說。

「哇，想不到，妳懂得真多呢！」阿謙佩服的說。

「是你懂得太少啦！」我苦笑的說，依阿謙受歡迎的程度，居然到高二還沒女朋友，對感情這方面少根筋是主要原因。

「就不能送給沒送我巧克力的女生嗎？」阿謙問。

「嗯……好像沒規定不行……」我回答，白色情人節是從日本傳過來的，回送巧克力什麼的，大概也只是種慣例吧？

「那就好。」阿謙安心的說。

等等……要送給沒送他巧克力的女生？那也包括我囉？搞不好，那巧克力是要送給我的……但會有男生遲鈍到，找女孩子一起出來買，要送她的巧克力嗎？

不可能的！若真有這種男生，他就不只是根木頭，而是已經變成化石的木頭！

「既然她都沒送你，那你幹麼還要送她？」我好奇的問，到底是哪個好命的女孩！我一定要見見她，就算被妒忌沖昏頭，變成失去理智的可怕女生也沒關係！

阿謙聽完愣了愣，一會兒後才回答：「因為我很想送她……」

一切都完了！我沒希望了！依照女生敏銳的直覺，我從阿謙的臉上看出，他絕對喜歡那個女生！

難道，已經沒機會了嗎？沒機會從中搞破壞了嗎？

唉，算了！既然沒機會了，就不用再降低自己做人的格調了。

「不過，你打算就這樣送她？不包裝一下？」我提醒的問。

「對齁，忘了要包裝，那包裝紙到哪買啊？」他問。

「齁～當然是禮品店呀！好啦，我就好人做到底，帶你去買。」我沒好氣的說。

阿謙聽完，只是微笑的望著我，沒再說話。

　　「幹麼那樣看著我？」我問，開始築起堅強的防禦工事，以抵禦他足以融化我的眼神，保護我那顆搖搖欲墜的純真少女心。

　　「因為妳這樣，很可愛呀。」阿謙笑著說。

　　哇！為什麼世界上會有這麼迷人的笑容！？見到這笑容，你要我怎麼放棄你呢？而且居然說我可愛，這樣會讓我重新燃起希望的！

　　好啦！身為你的青梅竹馬，就算得不到你，也會祝福你啦！我就幫你包好巧克力，讓你送給那女生，你就幸福去吧！

思晴

今天打工好多狀況呢！先是有個漂亮女孩點咖啡時插隊，幸好被插隊的男生不介意，兩個人還一起坐在窗邊聊天，不過，女生離開之後，不曉得為什麼，男生突然衝了出去……

接著，在幫一對高中生結帳時，突然感到一股殺氣，真奇怪，我做了什麼對不起人家的事嗎？不過，那高中男生長得真是好看，在學校一定很受女孩歡迎，他身邊的女生雖然有些不修邊幅，但若打扮起來一定很可愛。

「嘿，有客人要結帳喔。」突然有個聲音這樣說著。

「啊！？是！真抱歉！」我道歉的說。

「妳沒事吧？身體不舒服嗎？」結完帳後，那聲音關心的問。

「沒事的。」我微笑的搖搖頭。

「那就好，可別太勉強自己呀，小晴。」他微笑的說，然後輕拍了拍我的頭。

「不會的，店長。」我回答。

「就要妳別叫我店長了，叫名字就好。」他要求的說。

「喔，我知道了，店長。」我愣愣的回答。

「喂！妳故意的吧！」

雖然是店長，卻大我沒幾歲，而且還是同大學的學長，他畢業後，在學校附近開了這家7-11，我來應徵見到他時，嚇了一跳，他顯然不記得我了，但我心裡卻一直有著他的身影。

他有個好聽的名字——聿丞，但我不太願意叫這名字，因為，那會讓我感覺更接近他一點，而我，正努力離他遠一些……

「好啦，聿丞學長，可以了吧？」我妥協的說。

「這樣才乖嘛，小晴。」他說，笑得像個孩子一般。

他的笑容，讓我的心都快融化了。

是的，我喜歡聿丞學長，而且已經喜歡他很久了。

「小晴，我到裡頭點一下貨，外頭就先麻煩妳一下囉。」他說完，走進了貨品儲藏室。

「嗯。」我點點頭。

「若真忙不過來，可別一個人硬撐，記得叫我，我會馬上趕來拯救妳的。」聿丞學長說。

「呵，說得自己好像白馬王子一樣，也不害臊。」

「哈，成為妳的白馬王子，是我的榮幸喔！」

若你能成為我的王子，那就好了，可惜你早已經是她專屬的王子了。

從第一次遇見他開始，我就知道他是個體貼的男生。

還記得三年前，我才踏進大學校門，那一年，每天都期待著今天會遇見什麼樣的人、發生什麼樣新鮮、有趣的事，某一天，不經意的，我和聿丞學長相遇了。

我是不管上什麼課都會寫筆記的學生，就連通識課，我也認真的抄著筆記。那天，12點下課，我和同學一起吃完午飯，回宿舍後，我才發現筆記不見了。畢竟是認真寫了好久的筆記，所以，無論如何也想找回來，思來想去，覺得忘在通識教室的可能性最大，於是，我急忙趕回通識教室，發現空蕩蕩的教室裡，有個男生在裡頭悠閒的看著書。

真是個奇怪的男生，但這男生有著斯文俊秀的外表，他坐在我早上上課位置旁，我不動聲色的走到早上上課的位置尋找筆記，但卻沒能找到，我不禁猜想，難道忘在學校餐廳裡了？

「或許，妳在找這個？」他闔上書，從包包裡拿出一本筆記本。

「啊！是的，我在找這個。」我喜出望外的說。

「喏，原來思晴就是妳呀，妳的字很漂亮呢！還妳吧，總算能物

歸原主了。」他笑著說，有如孩子般純淨的笑容。

「謝謝你！」我感謝的說。

「呼，總算能去吃午餐了。」他鬆了口氣的說。

「嗯？請問，你還沒吃午餐嗎？」

「是呀。」他點點頭。

「難道⋯⋯是為了把筆記還給我，所以，才等到現在？」我邊說，邊看了看教室裡的時鐘，已經兩點多了。

「嗯⋯⋯剛好也有本想看的書，就邊看邊等，不過筆記的主人是個可愛的女孩，還滿令人開心的。」他微笑的望著我說。

「可愛的女孩，我嗎？」我突然感到有些怦然心動。

「呵，是呀，那我去吃午餐了，下回可別再忘了筆記喔！小晴。」說完，他揹起背包，踩著輕快的步伐離開了。

啊！？就這樣嗎？若覺得我可愛的話，為什麼就這樣走了？為什麼不跟我要聯絡方式呢？若是愛情小說或偶像劇的話，他就該趁機要求我請他吃飯作為回報才對。

還有，我明明就叫思晴，為什麼要擅自叫我小晴呢？

「妳說的應該是資工系的聿丞學長吧？他的女朋友好像是我們系上的芷榆學姐喔！」之後，我多方打聽，終於知道了他的名字，還有他就那樣離開的原因。

原來，他已經心有所屬了。而且，芷榆學姐長相甜美、成績優秀、人緣也好，還是平面雜誌的模特兒，是個無懈可擊的女孩，以芷榆學姐為對手，我連半點勝算也沒有。

但明知如此，我還是忍不住追尋著他的身影，修他可能會修的課、參加他所屬的社團，沒事就到資工系亂晃，希望能與他不期而遇，但或許，我和他的緣分就只有那麼點，修課再也沒能同一堂、去參加他

所屬的社團，他卻離開了、去資工系晃了許多次，卻連一次都沒能遇到，直到他從學校畢業為止，我再沒能和他說上半句話。

然後，兩年過去了，當我逐漸將他淡忘時，卻又意外的與他相遇。

「嘿，我也是T大畢業的喔！」應徵時，他知道我就讀的大學時，開心的對我說，但我的心直往下沉，看來，他是真的不記得我了。

「那妳叫什麼名字呢？」他問。

「思晴。」

「……」他略為思索了一下，我還以為他想起我了。

「那從下禮拜開始，妳來上班吧。」他笑著對我說。

直到現在，時間過了半年。

「最近，咖啡好像賣得愈來愈好呢！」他從儲藏室出來後，喃喃說著。

「嗯，最近不管哪個年齡層，都人手一杯咖啡，好像變成一種時尚了。」

「叮咚！」一聲，從外頭走進兩位穿著正式套裝的上班族男女，男生長相一般，但身材高大、西裝筆挺，給人一種安心可靠的感覺，女生看起來很年輕，有張漂亮的臉蛋，但卻愁容滿面，是工作不順利嗎？

他們拿了兩個最近新推出的餐點到櫃台結帳，接著便到外頭的露天座椅吃了起來。有不少跑業務的上班族，因為錯過了用餐時間，便到店裡買微波餐盒來吃。

「對了，剛剛，不是有個男生從我們店裡衝出來嗎？」他問，我將目光從那對上班族男女移回他身上。

「對呀，也不曉得發生什麼事。」

「我看他好像是要去追一個女生吧！」他邊幫客人結帳，邊這樣說。

「喔？追女生？」我說完頓了頓。這樣的話，應該是去追那個漂亮女生吧？

　　「那他追上了嗎？」

　　「嗯，遠遠看去，好像追上了。」

　　「那太好了。」

　　「喔？太好了，為什麼？」他好奇的問。

　　「因為這樣，或許就會有美麗的故事發生了。」我有些感嘆的說。

　　是呀，因為我自己沒辦法擁有美麗故事，那麼，見證一下別人的，也算不錯。

　　「嗯，若能順利的話，那就好了。」他微笑回答。

小芙

離開的時候，我已經刻意放慢腳步了，卻沒見他追上來。

我不是他喜歡的類型嗎？女孩子還是不該主動嗎？

其實，我已經觀察他很久了。

因為這家7-11在學校附近，所以，我經常會來，第一次見到他時，他穿著襯托出他好看身型的韓系服裝，端著咖啡，一個人坐在窗邊吧檯，望著外頭沉思，充滿神祕感的神情，有種難以形容的吸引力。

嗯，真想多認識他一點呢！

唉呦！我這樣跟花癡有什麼兩樣，再怎麼說，我也是個受歡迎的可愛女孩，為了女人的志氣，即使真的很想認識他，也得想辦法，讓他主動來認識我才行。

「若妳想讓他主動來追妳，首先，得先引起他的注意才行呀！」好友晏如建議的說。

「引起他的注意？」我困惑的說，從以前開始，都是男生追我，怎麼引起男生注意，我一點概念也沒有。

「是呀，小芙妳這麼可愛，只要引起他的注意，一般男生應該都想認識妳的。」晏如說。

「具體來說，要怎麼引起他的注意呢？」我進一步的問。

「呵，小芙，學校追妳的男生不少，妳沒一個看得上眼，卻這麼在意他，連我都對他感興趣起來了。」晏如取笑的說。

「人家……人家哪有很在意呀！」我否認的說。

「小芙，妳真是太可愛了！我要是男生，一定喜歡妳喜歡的不得了！好啦，不逗妳了。」晏如說完，開始傳授我一些引起男生注意的方法。

「首先，妳一定得經常在他面前出現，最好能搞個能讓他留下深刻印象的事件，記得，每回出現時，妳都得表現出最漂亮、可愛的一

面。」晏如對我說。

「印象深刻的事件，聽起來很難呢。」

「譬如說，去7-11點杯熱咖啡，然後趁他發呆時，把咖啡倒在他身上，這樣印象一定很深刻。」晏如舉例的說。

「不好啦！會燙傷的，而且，萬一他討厭我了，那怎麼辦？」我回答。

「天呀！妳連他叫什麼名字都不知道，就喜歡成這樣！？」晏如直呼不可思議。

「我哪有呀！？」我反駁的說。

但連我也覺得不可思議，為什麼我會這麼在意他呢？明明連一句話都沒說過呀。

之後，只要去7-11，我就會留意他在不在，連沒事也會特意跑去，看能不能遇上他，不久之後，沒跟他說過話的我，對他有了一定程度的了解，我知道他是個研究生，每個禮拜有幾天會到7-11喝咖啡，偶爾也會來買些飲料、餐點什麼的。

晏如告訴我吸引男生注意的方法，我只有一招敢用，那就是把自己打扮得漂亮可愛，刻意出現在他面前。

「小芙妳這麼可愛，只要引起他的注意，一般男生應該都想認識妳的。」晏如曾對我這麼說。

但他卻不是「一般男生」，我明明就在他眼前晃來晃去，有一次還特意排在他後面結帳，卻完全沒引起他的注意，或者說，他根本沒發現我，我完全被他無視了！

「晏如，怎麼會這樣！？」我哭訴的問。

「怎麼會呢？再怎麼說，小芙妳也算是系上數一數二的可愛女生，他卻能完全無視，除非……」

「除非什麼？」

「他喜歡的不是女生……」

「啊！？不是吧！？」聽完，我簡直就快崩潰！我寶貴的初戀，居然是這樣嗎？我的青春呀！

之後，我試著更靠近他一些，像是坐在7-11外頭的露天座位上假裝看書，或刻意從吧檯的窗邊走過，不過，依然沒引起他的注意。

「小芙，如果妳真的很在意他的話，就別管什麼女人的志氣了，主動出擊吧！」晏如建議的說。

「主動出擊！？可是，我不會呀……而且，很難為情的……」我為難的說。

「不要緊，就由人稱『戀愛達人』的我，來擬訂一個天衣無縫的計畫，保證將他手到擒來！」晏如充滿自信的說。

「咦？妳什麼時候有這稱號的呀？」我疑惑的問，但晏如白了我一眼，沒有回答。

今天，我在7-11的所作所為，包括故意插隊、製造機會讓他坐我身旁，跟他聊天引起他的好奇心後突然走人，完全都依照晏如的計畫實行，可是，為什麼我突然離開後，他卻沒追上來呢？

照晏如天衣無縫的計畫，他應該要立刻追上來的，為什麼沒有呢？難道我哪裡沒做好嗎？打扮得不夠可愛嗎？還是他不喜歡薰衣草的味道呢？或是不該問他，他喝咖啡望向窗外時在想些什麼嗎？一定是這個！這會讓他以為我是個在暗處偷看他的跟蹤狂呀！

啊！我的初戀，就這樣結束了嗎？

突然，我的背後傳來急促的跑步聲，而且離我愈來愈近，我的心跳也跟著愈跳愈快，最後，腳步聲在我身後停了下來，我緊張的連回過身的勇氣都沒有，但雙腳卻依然機械性的往前走著。

「小芙，請稍等一下！」身後傳來他的呼喊聲。

Bingo！晏如萬歲！有妳這朋友實在太好了！

我停了下來，深吸了一口氣，依照晏如的教誨，裝出自然、可愛，帶點困惑的神情後，回過身去。

「呃，突然叫住妳，真是抱歉。」他神情著急且歉疚的說。

我微笑的搖搖頭，回答：「沒關係的，不過，請問有什麼事呢？」但心裡卻想著，若你不來叫住我，我可就傷腦筋了。

「小芙，雖、雖然我們今天才剛認識，但我覺得小芙是個很可愛的女生……我知道我這樣說很突然、也很失禮，但我真的想多認識小芙一點……能不能給我妳的聯絡方式呢？呃，我不是什麼壞人啦！還有，其實我平常沒這麼邋遢的！不信的話，我可以馬上回去換衣服……」他說到後來，開始有點語無倫次，這是不是代表他也很緊張呢？

「嘻，我知道呀。」我微笑回答，因為我見過他穿得很帥的模樣。

「啊？妳知道？」他看起來很困惑。

「那好吧。」

「啊？好吧？」

「你不是想要我的聯絡方式嗎？」我問。

「是呀。」

「所以我回答：『那好吧。』」

「咦！？真的嗎？」他似乎很是驚訝的望著我。

因為他追了過來，我一時太過開心，居然忘了表現女孩的矜持，晏如告訴我這時應該稍微刁難他一下，才不會讓他覺得我是個隨便就能搭訕的女孩，這下子該怎麼辦？想到剛剛自己的表現，不由得臉紅起來。

「你再繼續問，人家不給你了！」我發窘的說。

「那我不問了！不問了！」他連忙的說。

接著，我給了他我的手機號碼，他很慎重的輸入後，試打了一下，直到我的手機響了，他才放下心來。

「那個……週末小芙沒事的話，能一起出來玩嗎？」他試探性的問。

「這個嘛……讓我考慮一下好了。」被喜悅沖昏頭的我，差點立刻答應。

我的初戀，應該會跟著夏天一起到來吧。

秋廷

　　我拿著剛買的便當，和依依一起在7-11外頭的露天座椅上坐了下來。坐下來時，依依輕嘆了嘆。

　　依依難過的模樣，讓我感到很不捨，卻又不曉得怎麼安慰她。

　　「依依，想喝飲料嗎？」我問。

　　「謝謝，不過不用了。」依依有氣無力的回答。

　　「那個……」

　　「嗯？」依依困惑的望著我。

　　「一開始都是這樣的，推銷保單本來就很不容易，幾十個能成功一個就很棒了，但那也代表會被拒絕幾十次，幹我們這行一定得習慣。」我安慰的說。

　　「但我跟在秋廷前輩身邊快一個月了，到現在連一件都沒談成，而秋廷前輩卻談成了十幾件，不停的被拒絕，我真沒用。」依依難過的說，原本明亮的雙眼變得黯淡。

　　「呃，因為我稍微有些經驗了，妳不要急，慢慢來，我會教妳些訣竅的，一開始，我也都被客戶拒絕呀！不過，大概是我從以前開始就被拒絕慣了，所以，比較能適應啦！哈！哈！」我乾笑的說。

　　「咦，真的嗎？但秋廷前輩看起來不像是不受歡迎的男生呀？」依依好奇的問。

　　「大概因為我國、高中都念男校，又不幸考上一間男女比7：1的大學，所以不太擅長跟女生相處吧？」

　　「原來如此呀。」依依說完眨了眨眼。

　　進保險業已經邁入第四年，為了升等，上頭要我帶新人，我原以為主管明白我不擅長跟女性相處，會分配給我男新人，沒想到卻是個眨著無辜大眼睛，一看就知道完全沒吃過苦的小女孩。

　　「秋廷前輩你好，我叫依依，請多指教。」初次見面，感覺是個

有教養的女孩，但我還是去找主管，想讓他換個男生給我。

「一個不擅與女性打交道的保險業務，你覺得有搞頭嗎？」主管問我。

「但我這個月的業績還是分區前三名呀。」

「但你的客戶幾乎全是男的！光靠男客戶，居然就能坐穩前三名！要是能改掉你不擅與女性相處的毛病，別說分區前三，業績全國第一都有可能，所以，趁帶新人的機會，好好練習怎麼跟女性相處吧！」主管很快的做了總結。

「還有就是……」主管欲言又止。

「還有？」

「她是上頭直接交代下來的。」主管語帶神祕的說。

上頭直接交代下來？這不就代表依依的後台很硬嗎？但這樣一個剛出社會的小女孩，會有什麼後台？

「不過，這樣一說，我才發覺，秋廷前輩把女客戶全都丟給我推銷呢！好奸詐喔！」依依邊吃紅酒牛肉飯，邊抗議的說。

「呃，我是想同是女生，應該比較容易打開話匣子吧！」我隨便找了個理由，然後打開了我的國民便當。

「騙人！明明是覺得和女生打交道很麻煩，所以才丟給我的吧？」依依睜大了雙眼望著我。

哇！平時明明就是雙無辜、可愛的大眼睛，怎麼現在這麼有魄力？讓我想抵賴都沒辦法。

「呃，真抱歉。」我道歉的說。

「呵，秋廷前輩真是奇妙呢！跟男生客戶推銷保單時，明明就那麼誠懇、專業、又有自信，連在一旁的我聽了都好想立刻買個十張，但一遇到女生客戶，就變得完全不知所云。」依依笑著說，好像稍微開心

了點。

「唉，我也很傷腦筋呀！」我無奈的說。

「沒關係呀，你現在有我了呀！」依依指著自己說。

「咦？有妳了？」我吃驚的反問。

啥！？「現在有我了呀！」這話什麼意思？用這麼可愛的表情，說出這麼容易讓人誤會的話，根本就是犯規呀！這叫我怎麼能不胡思亂想！

「對呀！因為我很擅長跟男生相處喔！所以，在這方面，我會好好教你的！」依依刻意裝出一副老成的樣子，讓她更顯得天真可愛。

「呃，那就拜託妳了。」我順著依依的話說。

「所以，以後，男生客戶就由我出馬，女生客戶就交給你了！秋廷前輩不要急、慢慢來，我會教你一些跟女生相處的訣竅的！」依依說完，很可愛的笑了起來。

犯規！又犯規了！裁判～眼前這傢伙實在太可愛了，快來把她驅逐出場啦！

依依笑完後，伸了個懶腰，接著微笑的望了望四周。

「這禮拜，我們已經第三次在7-11吃午餐了呢！」依依說。

「是呀，依依不喜歡嗎？」我點點頭，從事保險業務經常會因為工作因素過餐，這時最方便的不是速食店，就是便利商店了。

依依搖搖頭，微笑的回答說：「不會呀，像這樣跟秋廷前輩在明亮的便利商店外一起吃飯，享受著午後陽光，再跟秋廷前輩吐吐苦水，剛剛的不快，一下子都煙消雲散了。」

「是這樣……」我笑著說，聽了依依說的話，我莫名的感到開心。

「啊，不好意思，我接個電話。」依依禮貌的說，接著拿起手機到稍遠的地方接聽。

望著依依接電話的愉悅神情，印象中這不是第一次了，依依跟誰講電話講得這麼開心呢？

　　難道，是男朋友嗎？想到這兒，我的心直往下沉……

　　不過像依依這麼可愛又有教養的女孩，有男朋友也是很正常的。

　　「不好意思，久等了。」依依回到位置上，道歉的說。

　　「沒關係，不過看妳講得那麼開心……」我頓了頓，迅速做了決定，開口問：「是男朋友打來的？」

　　「嘻，沒想到秋廷前輩也這麼八卦呢！」依依淺淺的笑著。

　　「呃，真抱歉，我不該過問妳的隱私。」

　　「哈，不要緊啦！我不是那種小鼻子、小眼睛的女生啦！不過，公平起見，若我告訴了秋廷前輩，你也要告訴我喔！」依依提出交換條件。

　　「那剛剛打來的，是依依的男朋友嗎？」我問。

　　「算是吧！」依依微笑的回答，臉上洋溢著幸福。

　　雖然在意料之中，但我還是覺得很失望，雖然不擅長跟女生相處，但那不代表不想談戀愛。

　　「那秋廷前輩呢？」

　　「大學時曾經有過女友，不過畢業後不久就分手了，現在是一個人。」

　　「看來不擅長跟女生相處的秋廷前輩，不只賣保單，談戀愛也很傷腦筋呢！」依依語帶同情的說。

　　「喂，別隨便同情我啦。」我苦笑的說。

　　「沒關係，秋廷前輩，你有我了嘛！我會好好照顧你的！」依依輕拍我的肩膀說。

　　明明是個新人，卻拿她一點辦法也沒有，真是傷腦筋呀！

阿謙

當想找人找不到時，才會覺得學校很大。

「怪了，她跑哪去了？」我自言自語的說。

下課時，去她們班的教室沒看見她，午休時，到她們社團去，社團的人也說沒見到她來。掃地時間，我拋下掃地工作，跑到活動中心，平常這時間她應該開始練習了……

當我接近活動中心時，聽到了音樂聲，有個高亢清亮的聲音正唱著最近流行的歌曲。

「謙哥哥！」舞台上的歌手見到我後，停止了歌唱，蹦蹦跳跳的跑到我面前，笑嘻嘻的望著我。

「是小遙呀，我剛在外頭就聽到妳的歌聲了。」我說。

「呵，好聽嗎？」她微笑的問。小遙有著女孩可愛、討喜的外貌，卻有著男生直來直往、不裝模作樣的個性，我很喜歡這樣自然、不做作的她，所以總把小我一歲的她當妹妹看待。

「嗯，是全校最好聽的。」我回答。

「齁～才全校呀？」小遙看來不是很滿意。

「再練習一下，就會變成全國最好聽的了。」我伸手用力搗了搗她的頭髮。

「我知道了！」小遙說完頓了頓，接著說：「今天可是白色情人節呢！謙哥哥是特地來找我的嗎？哇，還帶著巧克力呢！是要送我然後跟我表白嗎？人家好害羞喔，都不曉得要不要接受你呢！」

「少來！情人節時我千盼萬盼也沒見著妳的巧克力，沒道理回送給妳。還有，妳喜歡的明明是熱音社的吉他手，就別拖我下水了。」我反將一軍的說。

「謙哥哥小氣鬼！還有，人家哪有喜歡他呀！」小遙吐了吐舌頭。

「沒有嗎？不是還跑來問我男生喜歡吃什麼樣的巧克力？怎麼？他今天沒回送給妳嗎？」我幸災樂禍的問。

「哼！這樣對我！可別怪我以後紅了裝作不認識你喔！」小遙賭氣的說。

「好啦，算我不對，不過，我只是擔心妳嘛！既然喜歡他，就要更積極一點。」

「光說我，你不也喜歡小雁姐姐很久了？也沒見你有什麼行動呀？」小遙冷不防的問。

「啊！？小遙，妳怎麼……怎麼會知道？」我驚訝的問。

「嘿嘿！小雁姐姐的排球隊，一個禮拜有幾天會在活動中心練球，熱音社也在差不多的時段練習，你假裝來找我，其實是來偷看小雁姐姐的吧？」小遙說到這兒，一副勝券在握的模樣。

「我表現的有這麼明顯嗎？」我問，原以為沒人知道的心意，卻被小遙看穿了，該不會小雁也察覺了吧？

「呵，放心啦！小雁姐姐沒發現啦！搞不好她見你常來找我，還以為你喜歡我咧。」小遙說完盯著我的巧克力，然後露出恍然大悟的表情。

「喔！原來如此！這巧克力是要送給小雁姐姐的吧？終於行動了呀？」

「呃，是呀。」我難為情的點了點頭，接著說：「但今天一直找不到她。」

「聽說排球隊今天改做體能練習，或許是去操場跑步吧？」小遙推測的說。

「那我去操場看看。」

「謙哥哥，祝你告白成功喔！」小遙打氣的說。

「呃，我也不一定要告白……」

「小雁姐姐雖然男孩子氣了點，但她超可愛的、又討人喜歡，你再拖拖拉拉，隨時有可能被追走喔！」小遙提醒的說。

「就是因為太可愛了，所以見到她時，我光看她就看到入迷了，想到萬一告白失敗的話，以後就可能見不到這麼可愛的她，我就開不了口。」我無奈地說。

「雖然小雁姐姐很可愛，但謙哥哥你也很棒呀！長得好看，又會拉小提琴，帥氣又有才氣，不曉得有多少女孩偷偷喜歡著你呢！有點自信啦！」小遙打氣的說。

「喜歡我的，只要小雁一個就夠了……」我喃喃的說。

帶著小遙的鼓勵，我來到了操場，果然見到了正在練跑的排球隊員，仔細看了看，卻發現小雁並不在裡頭。

真奇怪，小雁是隊上的主力攻擊手，不可能不來練球吧？

「小雁呀，我讓她去替大家買運動飲料了。」一問之下，教練這樣回答。

「去哪買呢？」我問。

「離學校最近的7-11。」教練回答，曾經身為女排國家隊的她，訓練雖然嚴格，卻很照顧隊員，小雁好像也很喜歡她。

「嗯。」我點點頭。

「……」教練側著頭若有所思地望著我。

「請問……怎麼了嗎？」

「你似乎經常來看小雁練球，你是不是……喜歡她呢？」教練直接了當的問。

「這……我……」怎麼連沒說過幾次話的教練都發現了？我喜歡的這麼明顯嗎？

「對了！突然有件事想請你幫忙。」

「什麼事？」

「小雁要買十幾人分的飲料，我怕她一個人拿不回來，你能去幫她嗎？我會簽好外出單給你，但這樣可能會稍稍耽誤到你第八節的課，可以嗎？」教練拜託的說。

排球隊的小雁不用上第八節課，但我就讀的升學保證班不僅有第八節，連第九節都有，但這是件好事，因為上完第九節，我剛好能跟練完球的小雁一起騎腳踏車回家，對我來說，那是一天中最美好的時光。

比起第八節課，小雁當然重要得多，拜託教練跟任課老師打聲招呼後，我離開學校來到了7-11，見到了正在跟飲料奮戰的小雁。

「小雁，妳在做什麼？」我看著雙手抱著滿滿運動飲料的她，好奇的問。

「因為想環保一點，沒買塑膠袋，但這麼多罐實在是拿不完……咦！？阿謙！？你怎麼會在這裡？你翹課嗎！？」一開始搞不清楚狀況的小雁，突然驚訝的問，我就是喜歡這樣的小雁，實在太可愛了。

「呵，沒有啦。」我笑了笑，接著解釋了一下。

「原來是教練請你來幫我的呀！害我嚇了一跳，翹課可不好呢！尤其阿謙你以後可是要考台大的呢！」小雁說。

「呵，誰告訴妳，我一定要考台大呢？」我微笑地問，其實，我已經決定念大學時也要和小雁一起，就算不能同一間大學，至少也要在同一個城市。

「大家都這樣說呀，阿謙，你不想念台大嗎？」小雁問。

「看情況吧，小雁，先坐下來休息一下，看妳滿身大汗的！」我說，為每天都要練到筋疲力竭的小雁感到心疼，加上小雁曾因為練球受過大大小小的傷，我曾勸小雁別再練球了，但小雁說她很喜歡排球，也

喜歡球隊的隊員們和教練，比賽勝利時的成就感更無法以言語形容。

「真不好意思……滿身汗味的女孩一點女人味也沒有吧？」小雁難為情地笑著說。

「哪會呢？妳沒聽過運動的女孩有著陽光般的魅力嗎？」我說。

「但流汗會有汗臭味呀，不像其他女生，身上都香香的。」小雁抱怨的說。

「我覺得小雁身上很好聞，一點都不臭！」我強調的說。

「嘻，是嗎？你這樣說，我很開心呢！」小雁回答。

「不過，你怎麼會在這時間被教練叫來幫我呢？而且你不回去上課不要緊嗎？會不會被記曠課呢？」小雁關心的問。

「不會啦！教練會去跟老師打招呼的，而且我有個禮物想給妳，已經找了妳一整天了。」我說。

「有東西要給我？是什麼呢？」小雁好奇望著我。

「是這個。」我把一直藏在身後的巧克力拿了出來。

「嘿，阿謙要送我禮物呀，但這個包裝看起來很眼熟呢……」小雁若有所思地想著。

「小雁知道今天是什麼日子嗎？」我問。

「今天嗎？好像沒什麼特別的呀，不過，一整天好像都有男生們拿著禮物跑來跑去的……啊！難道……今天是白色情人節嗎！？」小雁音量陡然變高的說。

「Bingo！」我笑著說。

「所以……這個是……阿謙送我的巧克力？」小雁突然臉紅了起來。

「嗯。」我點點頭。

「難道……這是阿謙要我陪你一起來這兒時買的，最後還是我替

你包裝好的巧克力嗎？」小雁一臉驚訝的問。

　　「是呀，因為這樣才能知道小雁喜歡吃什麼巧克力。」我理所當然地回答，心裡想著這樣有什麼不對嗎？

　　「難怪我覺得這麼眼熟……阿謙，你明白白色情人節送巧克力給女孩子的意義嗎？」小雁表情有些哀傷的問。

　　「啊？這個……」我一時之間回答不出來，但我明白那表示自己喜歡那女孩，只是我很擔心若表白失敗，以後就不能自然地和小雁在一起，也不能一起騎車回家了。

　　「要送給人家的巧克力，居然要人家陪你去買！而且連送巧克力的意義都不明白，阿謙大笨蛋！」小雁突然生氣的說，接著站起身來。

　　「小雁！？怎麼了嗎？」不明所以的我，連忙起身拉住她。

　　「大笨蛋！人家再也不想見到你了！」小雁甩開我的手，眼眶泛淚的說，說完便抱著飲料往學校方向跑去。

　　為什麼！？我做錯什麼了？為什麼小雁哭了？是我把小雁弄哭的嗎？我被小雁拒絕了嗎？以後不能再跟小雁一起騎車回家了嗎？再也不能和以前一樣聊天說笑？再也見不到她可愛的笑臉了嗎？

　　一瞬間，我感覺到自己的人生好像到了盡頭，我所構築的世界逐漸土崩瓦解，我緊握著沒能送給小雁的巧克力，呆站了好久，直到學校響起了下課鐘聲。

　　這一節課，結束了。

聿丞

　　大學畢業後，找工作總是不順的我，索性自己開了家7-11，當起了店長，不過這一切還得感謝提供我過半資金的父親，我得好好努力，才不會變成「靠爸一族」。

　　其實經營便利商店，並非我當初想像的容易，經過了半年的摸索，一年的努力，客源總算穩定下來，大概不會倒閉了。經營便利商店比當上班族好多了，除了自己當老闆，不用被人頤指氣使外，還可以在店裡見到許多有趣的事情。

　　就像剛剛外頭有兩個高中男女吵架了，男生好像想送女生禮物，但女生不想接受，便離開了，男生神情哀傷地呆站著，直到附近的高中放學，才拖著沉重的腳步離開。今天是白色情人節，男生回送女生巧克力的日子，我想，他是被那女生拒絕了吧？

　　記得高中時，我也送過女生巧克力，女生也接受了，但我們後來卻沒能在一起，因為不久後她便轉學了，我記得她叫做小晴。

　　「小晴，我到倉庫裡盤點一下，外頭先交給妳，若忙不過來，記得叫我喔！」我對店裡的小晴說，她是另一個小晴。

　　「嗯，好的。」小晴用好聽的聲音回答。

　　半年前，當小晴來店裡應徵時，我著實嚇了一跳，因為兩年多前撿到小晴筆記那天的情景，我還記得很清楚。

　　很漂亮的字、很整潔的筆記、很可愛的女孩、很乾淨的裝扮、很清爽的笑容、很好聽的聲音。

　　可惜，遇見她時，我的身邊已經有了芷榆。

　　第一個小晴，因為轉學而離去，我曾感嘆過緣分這回事。

　　而與第二個小晴相遇那天，我更有著深深的失落感……

　　「如果讓我遇見你，當我正當年輕。」離開通識教室時，我喃喃說著。

如果能再早一點遇見她，那該有多好。我輕嘆了嘆，想著這大概就是所謂的命中注定吧？

　　既然如此，我還是好好珍惜自己擁有的，芷榆是個非常好的女孩，再繼續三心二意，就太對不起她了。

　　說也奇怪，像是要成全我的心情一般，之後，我便沒在學校裡再遇見小晴，就這樣，時間緩緩走過兩年，我從學校畢業，當起7-11的店長，原本是業餘模特兒的芷榆，也開始朝職業之路邁進。

　　然後某天，小晴突然出現在我的眼前。

　　「您好，我想應徵工讀生。」她禮貌的說。

　　「……這邊請。」我回答。

　　這是我和小晴再次相遇的第一句對話，幾乎在第一時間，我就認出了小晴，那個遺失筆記本的女孩。

　　不過，小晴卻沒認出我來。

　　我心裡明白，對小晴來說，那只是三年前的一個偶發事件，過不了多久就會遺忘，但即使心裡明白，我還是感到失望。

　　本想問小晴，是否還記得我撿到她筆記那天的事情，但擔心若小晴根本沒印象，或把我當成亂攀關係的男生，那就不好了。

　　所以，我假裝那件事從未發生過。

　　「店長，出來幫我一下好嗎？」回過神來，我聽見小晴提高音量的說。

　　「好！我馬上來！」我回答，帶著雀躍的心情走了出去。不只一次，我為自己為何會有這樣的心情感到困惑，似乎只要能幫到小晴，我就會覺得很高興。

　　「來了！不過小晴，就讓妳叫我聿丞了，怎麼還叫店長？」我對小晴微笑的說。

小晴只是微微一笑，沒多說什麼，繼續手邊的工作。

　　自從小晴來了之後，店裡生意有變好的趨勢，不曉得是巧合，還是小晴的關係？不過一樣要買咖啡，到有可愛店員的7-11買總是比較吸引人的選項，這是不會錯的。

　　這一波客人結完帳後，我的手機響了，是芷榆打來的。

　　「芷榆，怎麼了嗎？」我輕快的問，今天晚上我們約好要一起用餐，順便看場電影，票都已經買好了，最近芷榆因為工作滿檔，我們已經有好幾個禮拜沒一起吃飯了。

　　「聿丞，真抱歉，拍攝工作不太順利，晚上可能沒辦法過去了……」電話那頭的芷榆抱歉的說。

　　「是嗎？我知道了，真是可惜呀。」我失望的說，芷榆因為工作因素失約，已經不是第一次了。

　　「聿丞，真的很對不起，但你知道這廣告拍攝對我很重要，若順利的話，或許就能進入演藝界……」芷榆對演藝界很有興趣，但我卻感覺這樣的她，似乎離我愈來愈遠，若以後真的進入演藝界，身處於那樣的花花世界，我和她還可能繼續下去嗎？

　　「沒關係的，現在是妳的重要時期，妳就不用太顧慮我了。」我替她打氣的說。沒事的，芷榆是個好女孩，即使進入演藝界，也絕不會迷失自己。

　　「那我晚點工作完，再打給你。」說完，芷榆掛了電話。

　　我收起手機後，輕嘆了嘆。

　　「怎麼了嗎？」小晴問我，臉上流露出關心。

　　「被芷榆放鴿子囉。」我用開玩笑的口吻，簡單解釋了一下。

　　「芷榆學姊工作好像真的很忙，很久沒見到她來店裡找你了。」小晴回答。

「是呀，拍了廣告，成了廣告明星，恐怕只會更忙……」我有些無奈的說。

　　「聿丞店長，即使那樣，芷榆學姊還是會一直把你放在心上的。」小晴說。

　　「呵，希望如此，不過未來的事情，有誰能知道呢？」我聳了聳肩。

　　「不過這兩張電影票可就傷腦筋了，位子都劃好了……」我拿出電影票，皺起眉頭說。

　　「真可惜，聽說這部電影很好看呢！」小晴眼睛發亮的說。

　　「不然，小晴，票給妳好了，妳找朋友一起去看？」我提議的說。

　　「真的嗎！？」小晴看起來又驚又喜，但隨即說：「但這樣實在太臨時了，一定找不到人陪我去的，而且我得工作到十點，那時電影都演完了。」

　　「呵，這還不容易，我馬上連絡其他工讀生，給他們加班費請他們來代班，妳就可以去了。」我立即提出解決方案。

　　「但這樣還是沒人陪我去呀，我可不要一個人看電影，怪寂寞的。」小晴說。

　　「若真找不到人，我可以陪妳，反正我本來就想去看的。」我說。

　　咦？情況怎麼會變成這樣？這樣的展開好嗎？

　　「……但那位子原本是芷榆學姊的，而且今天是白色情人節，這樣沒關係嗎？」小晴似乎有所顧慮。

　　「就當是給辛勤工作員工的獎勵，用不著想太多，沒關係的。」我明快的說，想說服小晴，似乎也想說服自己。

「呵，才一張電影票，你以為我這麼好打發呀？」小晴聽完笑了出來。

　　「不然再加一頓晚餐？」我提議的說。

　　「不行，我只是個員工，再讓你請吃晚餐，那就犯規了。」小晴說。

　　「行，妳說了算。」

　　「那可以請代班的工讀生早點來嗎？我想回家換件衣服再去。」小晴央求的問。

　　「嗯，我會要他們早點來。」我說。

　　因為芷榆工作太忙沒辦法赴約，讓我有機會在白色情人節這天和小晴一起看電影，這是我和芷瑜之間的小插曲？還是我和小晴的前奏曲？

　　當時的我們，什麼也不會知道。

依依

　　成為理財專員也快兩個月了，剛開始真的很辛苦，不停地被人拒絕，還得看人臉色，哪像之前都是我在拒絕別人，讓人看我臉色，我總算有些明白，為什麼爹地要我到基層磨練一下了。

　　爹地希望我以後不管在哪個位置，都能將心比心。

　　「別在偉大的人跟前卑躬屈膝，但在弱小的人面前卻變得殘忍，要正直的對待每一個人。」這是他經常告訴我的。

　　在這方面，秋廷前輩真的是個很棒的示範，因為秋廷前輩在推銷保單時，那種專業、耐心而不卑不亢的神態，真的很令人佩服，即使被拒絕了，秋廷前輩還是很有禮貌的道謝，並對我說，是因為他還不夠專業，不足以讓客戶認識到這分保單的好處，而私底下，也從沒聽過他抱怨過哪個客戶，EQ之高，簡直匪夷所思。

　　呵，一開始的確是這麼覺得，但第二個月，我開始負責男性客戶，秋廷前輩負責女性客戶後，開始變得有些不同。

　　秋廷前輩不善於跟女性相處的程度，跟他的高EQ一樣匪夷所思！

　　明明跟男性客戶說明時，口條、語氣、神態、用詞都是那麼專業而有自信，但跟女性客戶說明時，不曉得在害羞什麼，講得七零八落的，連我都快聽不下去。

　　「唉，又被打槍了，難道被女性打槍，是我的宿命嗎？」因為跑公家機關推銷保單，不小心又過餐的我們，在常去的7-11外找了位置，一坐下來，秋廷前輩便哀怨的說。

　　「秋廷前輩，別傷心啦！一開始都是這樣的，再多磨練一下跟女生說話的技巧，一定會進步的。」我安慰的說，總覺得和之前相比，我和秋廷前輩的角色互換了。

　　「我這個月的業績都快墊底了，除了新人時期，這個月是我有史以來最慘的……」秋廷前輩神情愁苦的說，他高大身材背後壟罩的愁雲

慘霧，有什麼辦法能將它們驅散呢？

　　秋廷前輩這個月的業績只有兩張保單，我卻成長到十五張，是這個月的新人王，雖然買的通通是男性客戶，看來外貌對推銷保單也是有幫助的。

　　「秋廷前輩，你只是運氣不好啦，而且，你在跟女性客戶解說時，都不看著人家，這樣人家感受不到你的誠意，自然不願意聽你多說了，以後跟女客戶說話時，要記得誠懇地注視著對方喔！這樣一來，以秋廷前輩的實力，一定沒問題的。」我安慰且建議的說。

　　「注視著女性客戶……這個……我恐怕沒辦法，我會不好意思……」秋廷前輩洩氣的說。

　　「齁！都幾歲的人，到底是在純情什麼啦！」我又好氣又好笑的說。

　　「對啦！我因為從小到大都念男校，所以就是純情，不會跟女生相處啦！」秋廷前輩居然耍起小孩脾氣來了，平時成熟穩重的他完全消失了。

　　「好！好！乖齁～依依不說了，別哭喔……」我輕拍秋廷前輩的頭，覺得這樣的秋廷前輩真是可愛極了。

　　拍完秋廷前輩的頭後，他稍微呆了呆，然後，自己笑了起來。

　　「哈，我到底在耍什麼小孩脾氣呀？」秋廷前輩自嘲的說。

　　「是呀，幸好依依姑娘我大人有大量，不跟你計較！」

　　「真是太感謝依依姑娘了！」秋廷前輩笑著說。

　　「心情好點了嗎？」

　　「嗯，好多了，謝謝妳，不過還得後輩來安慰我，真是丟臉呀！」秋廷前輩說。

　　「秋廷前輩，你是因為不會跟異性相處，所以業績才會慘跌，

而在跟異性相處這方面，我可是你的前輩喔！要多尊敬我一點，知道嗎？」我拿翹的說。

　　秋廷前輩本想說什麼，但這時隔壁桌的高中生似乎有些爭吵，分散了我們注意力。看起來很高佻的高中女生，罵男生大笨蛋後，便跑著離開了，留下的高中男生獨自呆了段時間後，才黯然離去。

　　「好像被拒絕了。」我說。

　　「是呀，真是可憐，讓我想起以前的自己。」秋廷前輩說。

　　「呵，人家長得可比你好看多了。」我嘲諷的說。

　　「喂！男人不能光看長相，內在才是最重要的。」秋廷前輩反駁的說。

　　「嘻，這樣說來，你的內在一定很棒了，是嗎？」我笑著問。

　　「呃，那倒也沒有……大概還過得去啦……」秋廷前輩氣勢馬上轉弱的說，哈，秋廷前輩真是誠實的可愛。

　　「話說回來，今天好像是白色情人節。」我開了另一個話題。

　　「喔？對齁，難怪那高中男生要送女生巧克力了。」秋廷前輩恍然大悟的說。

　　「秋廷前輩以前有送過女生巧克力嗎？」我好奇的問。

　　「沒有。」秋廷前輩搖搖頭說，他的回答讓我感到很滿意。

　　「真是讓人驚訝，那現在要不要練習一下？」我問。

　　「練習什麼？」秋廷前輩困惑的問。

　　「跟異性相處呀！送禮可是跟異性相處的重大學問呢！有人說好男人＝送禮物送得好的男人喔。」我把以前在兩性書籍裡讀過的話搬出來用。

　　「這樣呀，那要怎麼練習？」

　　「秋廷前輩去買巧克力送我吧！」我說，心裡覺得這樣一定很有

趣。

「這怎麼可以！」秋廷前輩突然大聲的說。

我突然感到有些丟臉，這不等於我被秋廷前輩拒絕了吧？雖然是一時興起，但既然開了口，一定要讓他送我才行，否則這臉可就丟大了！

「秋廷前輩，幹麼突然這麼激動？我可是給你機會練習耶！」我說。

「但依照日本習俗，白色情人節，男生送巧克力是要向女生告白……」秋廷前輩說到這兒停了下來。

「唉呦，秋廷前輩，我只是要你練習送女生巧克力，又沒要你告白……ㄟ，其實你要順便練習告白也可以喔。」我輕鬆的說。

「可是，這樣做真的可以嗎？依依，妳不已經有……」秋廷前輩欲言又止。

「已經有什麼？」我反問。

「沒什麼！」秋廷前輩很快的搖搖頭。

「秋廷前輩，這一切的練習，都是為了往後的業績著想呀！」最後，我使出了殺手鐧。

最後，秋廷前輩似乎是帶著複雜心情，去買了巧克力送給我，而且還心思細膩的附了張小卡，上頭寫著：「依依，祝妳白色情人節快樂。」

不過除了小卡之外，秋廷前輩的其他表現通通不合格，我從頭到尾糾正了他好多次，希望下次秋廷前輩遇到心儀女孩時，能正確的送禮，感性的告白，將那女孩手到擒來。

我想，那女孩跟秋廷前輩在一起，應該會很幸福的。

子軒

　　今天是我和小芙的第一次約會，心裡緊張的要命。

　　上回從7-11飛奔而出，不顧一切的追上她，原本很擔心這樣突兀的舉動會嚇到她，但卻奇蹟式地要到了聯絡方式，甚至還約好今天一起出來玩，直到現在，我還有些無法置信，這未免也太過好運了。

　　第一次鼓起勇氣搭訕女孩，有了相當好的結果。

　　大學時，我曾和兩位女孩交往過，跟女生約會的經驗並不是沒有，但昨晚我卻緊張到失眠，不停的在腦中演練著今天的約會情景，深怕自己會因為那裡做得不夠好、不夠體貼，或不小心說錯話，讓小芙討厭自己。

　　「安啦！她肯給你手機號碼，又答應跟你約會，一定對你有好感。」昨晚出征前，室友小白打氣的說。

　　「是這樣嗎？」

　　「子軒兄，再怎麼說，你也是我們研究團隊裡最帥的一個，有點自信好不好？」小白拍拍我的肩膀。

　　「但我們研究團隊包括你，也才九個男生而已……」

　　「拜託！能比我還帥，已經很了不起了！你還想怎樣？要知道，我以前可是有人社院美男子之稱的耶！」

　　「有嗎？我怎麼從來沒聽過？」我困惑的問。

　　「喂！這是對為你加油打氣的人應有的態度嗎？」小白沒好氣的說。

　　「沒錯！你的稱號應該是T大美男子才對！人社院美男子簡直太看不起你了！」我見風轉舵的說。

　　「好傢伙，轉得還真快！」小白說完頓了頓，接著說：「你如果不曉得要做什麼的話，我建議還是看電影好了，初次約會對彼此還不是很了解，馬上面對面聊天或許會有些尷尬，看電影有事可做，不會無

聊，看完後還有電影這個共通話題，容易打開話匣子。」

「嗯，有道理。」我認同的說。

所以，現在我手中握著已經買好的電影票，在我和小芙相遇的7-11，等著小芙到來。

小芙說她七、八節有課，上完從學校過來大概要五點半，但現在已經超過五點半了，卻還沒見到小芙的身影，我開始覺得有些不安。小芙該不會不來了吧？或許她根本不想跟我約會，只是受不了我死纏爛打，所以才假裝答應，其實根本就不會來？

「叮咚」一聲，可愛的女店員從7-11裡走了出來，已經換上便服，看來是下班了，這時帥氣店長也跟著走了出來。

「小晴，那就六點半影城見囉。」店長微笑的對她說。

「嗯。」店員甜甜地笑了笑。

聽起來他們也要去看電影，說不定等一下會在影城巧遇？

這時手機響了，是小芙的簡訊：「對不起！臨時有事耽擱了，我馬上就到喔！請再等我一下。」

簡訊中的小芙也很可愛，我望著小芙的簡訊，傻笑了起來。若未來的日子裡，能跟小芙一起度過，我已別無所求。

「對不起！等很久了嗎？」當我仍呆望簡訊，腦海裡描繪著與小芙的未來時，耳邊響起了個好聽的聲音。見到小芙可愛模樣的瞬間，我的心又開始蹦蹦亂跳，幾乎喘不過氣來，我連忙深吸了幾口氣。

「還好，沒有很久。」我微笑的說，為了小芙，多久我都能一直等下去。

「真抱歉，教授今天超～晚下課的，我在底下急得要命，後來實在沒辦法，只好偷偷從後面先溜走。」小芙邊說邊坐了下來。

「偷偷溜走？這樣沒關係嗎？」我擔心的問。

「嘻，沒關係啦！」小芙開心的笑著說，那笑容實在太美麗！太耀眼了！我的心一下子遭到重擊，又開始感到喘不過氣來。

「不要緊吧？你好像很喘呢？難道你也是跑過來的嗎？」小芙關心的問。

「呃……是呀。」因為不曉得怎麼解釋，乾脆讓小芙那樣認為好了。

「小芙，妳應該還沒吃吧？」我轉移話題的問。

「嗯，還沒，你呢？」

「我也還沒，距離電影開演還有一小時，要簡單先吃點東西，還是要看完才吃？」我問。

「呵，我都可以。」小芙微笑的說。

最後我們先簡單吃了7-11的大亨堡充飢，打算到影城再買點爆米花吃。

「那我們要怎麼過去？」小芙問。

「小芙怎麼來的？」我反問。

「騎車。」

「我也是。」

「這樣呀，可是騎兩部機車過去有點麻煩呢……」小芙說完看了看我。

「那我騎車載小芙過去？」我充滿期待的問。

「那你還得載我回來，會不會太麻煩你了？」小芙有些不好意思地問。

「一點也不麻煩！」我毫不猶豫、斬釘截鐵的說。就算讓我載著小芙環遊世界也沒問題，因為那是我夢寐以求的事。

「那我去拿安全帽，你等我一下喔！」小芙說完，踩著可愛的步

伐朝停車場走去。

「Yes！」我握拳兼拉弓的說。

「你好像很開心呢？」小芙抱著可愛的粉紅安全帽，微笑的問。

我頓時覺得有點糗，只不過因為可以載小芙就高興成這樣，實在太失態了。

「那我們走吧！」

在往影城的路上，後座的小芙心情似乎很好，輕哼著首耳熟的曲子。

「小芙，妳好像也很開心？」我問。

「什麼！？」小芙靠近的問，她身上薰衣草的香氣也傳了過來，令我心神一盪。

「我問，妳好像也很開心？」

「呵，是呀。」小芙回答。

「發生了什麼好事嗎？」我問。

「呵，祕密！」

抵達影城時，剛好六點半，距離電影開演還有三十分鐘。

「我們去買爆米花吧！」小芙提議的說。

「好呀。」我回答。

「子軒喜歡甜的，還是鹹的呢？」小芙問。

「小芙呢？」我反問。

「我呀，喜歡甜的。」

「那就買甜的吧。」我說。其實我看電影時，有沒有爆米花都沒差，但看小芙拿到爆米花的欣喜模樣，她應該很喜歡邊看電影邊吃爆米花。

在小芙翻找包包時，我先行付了爆米花和可樂的錢。

「切記！今天不管什麼消費，你一定都得請客。一來展現你的紳士風度，不讓女孩覺得你小氣或摳門，二來若女孩覺得不好意思，你可以讓她下次請你，如此一來，絕對會有下一次約會！」我憶起昨晚小白的指點。

「這怎麼好意思呢？電影票已經讓你出了，爆米花和可樂應該我請才對。」小芙皺眉的說，皺眉的小芙也超可愛。

「沒關係，下次再讓小芙請就好。」我微笑的說。

「嗯，那下次記得讓我請喔！」小芙將包包收了起來，甜甜的笑著說。

小白！真有你的！不愧是號稱「人社院美男子」的男人！

電影開場前我和小芙閒聊，言談中得知她上大學到現在，都還沒有過男朋友。

「真難以置信……」我驚訝的說。

「難以置信？怎麼說？」小芙好奇的問。

「因為……小芙這麼可愛，個性又這麼好，相處起來讓人覺得很舒服，應該很受男生歡迎才對。」

「嘻，聽你這樣說，雖然有些害羞，不過很令人開心喔！」小芙又甜甜的笑了，我不禁看得呆了。

「話說回來，今天來看電影的人還真是多呢！」我開啟了另一個話題。

「是呀，大概因為今天是白色情人節吧。」小芙猜測的說。

「啊？今天是白色情人節！？」

「咦？你不知道呀！？」小芙驚訝的問。

我居然無意間在白色情人節這天約了小芙，就初次約會來說，這樣會嚇到女孩的。不過，小芙明知道是白色情人節，還願意赴約，這表

示她……

「小芙，我……那個……」這是試探小芙心意的好機會。

「開始進場了呢！我們走吧！」小芙提醒的說。

意識到今天是白色情人節後，我才猛然發現，今天到電影院來的幾乎都是情侶，我和小芙在其他人眼中，會不會也是這樣？

小芙很專心的看著電影，我則很專心的看著小芙。

電影演到搞笑情節時，小芙咯咯嬌笑，悲傷的情節時，小芙落下了淚水，緊張的情節時，小芙瞪大眼睛，還無意識地抓著我的手不放，看完最後的圓滿大結局時，小芙似乎鬆了口氣，喃喃的說：「幸好鼓起勇氣、努力追求的男、女主角，最後有了好的結局。」

是呀，電影裡的男、女主角，鼓起勇氣，努力追求到了好結果。而現實中的我，鼓起勇氣追求小芙的話，也能有個圓滿大結局嗎？

「在想什麼呢？」小芙問。

「在想剛剛的電影，和小芙說的話。」我回答。

「喔？那有結論了嗎？」小芙好奇的問。

「可惜，好像沒有呢。」

「子軒剛剛不是說，我上大學到現在都沒和男生交往過，覺得很不可置信嗎？」

「嗯。」我點點頭。

「想知道原因嗎？」小芙笑盈盈的問。

「想。」我又點點頭。

「因為這幾年，我一直在等待，並沒有鼓起勇氣去追求。」小芙說。

「等待的人，一直沒來？」我試探的問，原來，小芙有個等待的男生嗎？

「可以那樣說吧，所以，下一回我不再等待了，我會鼓起勇氣，努力追求。」小芙說完低下頭去。

我真心盼望小芙的追求，會有圓滿結局。

只不過，小芙的圓滿結局和我的，會是一樣的嗎？

思晴

六點半抵達電影院時，發現今天看電影的人還真多。

「嘿！我在這兒！」身材高大的聿丞學長微笑的朝著我揮手致意，我三步併兩步連忙跑了過去。

「不用跑啦！慢慢來就好！」他體貼的說。

「我遲到了嗎？」我擔心的問。

「不，是我早到了。」他微笑的說。

「店裡沒問題吧？」我問。

「有阿添在，沒問題的。」他回答。阿添大哥是正職員工，除了聿丞學長外，店內的事務，就他最熟了。

「不過，人還真多呢！」我望了望周圍。

「白色情人節嘛！正常的。」他笑著說。他應該明白在白色情人節這天約會的意義吧？但那爽朗的笑容代表什麼？表示他其實毫不在意嗎？

「嗯，看起來幾乎都是情侶……」我回答，但我和聿丞學長不是，我只是芷榆學姊的替補，就像是球場上先發球員的替補一樣，若先發球員歸隊，就得離開。

不過，是替補的也好，就算上場時間不多，至少，我像這樣跟聿丞學長單獨約會過。

聿丞學長聽完我說的，只是點點頭，沒有回答。我猜，他是想到芷榆學姊了。

「咦？那兩個人……」聿丞學長好像發現了什麼。

「怎麼了？」我好奇的問。

「上次我們不是在討論，有個男生在店裡突然飛奔出去追個女孩，還記得嗎？」聿丞學長問。

「嗯，記得，你不是說他追上了？」

「沒看錯的話，他和那女孩好像也來看電影了。」聿丞學長張望的說。

「咦！？真的嗎？」我也朝著聿丞學長張望的方向看，但沒能見到印象中的他們。

「不是很確定，不過，就當是吧！」聿丞學長笑著說。

「就當是？為什麼？」我好奇的問。

「因為，他和那女孩的故事若能有美好結局的話，就能帶給我們信心，證明愛情其實從未消失，消失的是人們追求愛情的勇氣。」

「消失的，是人們追求愛情的勇氣……」我喃喃念著。

是呀，曾幾何時，我追求愛情的勇氣也悄悄的消失了。

電影很好看，是部有著圓滿大結局的片子，看完之後，我的眼淚不自覺地滑落，還是聿丞學長提醒我才發現的。

「喏，面紙。」聿丞學長遞了包面紙給我。

「……謝謝。」我道謝後，將面紙接了過來，心裡想著，第一次約會就在聿丞學長面前掉眼淚，真是羞死人了。

「真抱歉，我很愛哭的。」我自嘲的說。

「呵，沒關係的，可愛的女孩即使掉淚，也很迷人。」聿丞學長微笑的說，自從在店裡工作後，他從不吝於稱讚我漂亮、可愛，但他的稱讚只是讓我覺得更加心酸，就像沒人欣賞的美麗事物，久了，也只會蒙塵罷了。

「幸好結局很圓滿，不然我會哭得更慘。」我說，若是悲劇收場，我可能會哇哇大哭。

「嗯，來之前，我就大概知道結局了。」聿丞學長說。

「從網路上得知的嗎？」我問。

「是呀，知道是圓滿結局，才想找芷榆一起來看，沒想到她臨時

有事……」聿丞學長說到這兒停了下來。

「芷榆學姊一定也很想看的。」我連忙說。

「是嗎？」聿丞學長苦笑。

「嗯。」我用力的點點頭。

「我呀，覺得芷榆好像離我愈來愈遠了，有種再也沒辦法抓住她的感覺。」聿丞學長嘆了口氣後，接著說：「原本，我是想藉著這部電影告訴她，我很希望與她之間，也能有像電影一樣的美好結局，但現在……」

「聿丞學長，會的，你和芷榆學姊一定會有好結局的。」我斬釘截鐵的說，因為若你不能幸福，那在一旁默默注視著你的我，不就成了傻瓜了？

「呵，是嗎？那我就謝謝妳的祝福了！不過，話說回來，小晴，妳剛剛終於叫我聿丞學長了呀？這樣才對嘛！老是叫店長多沒感情。」聿丞學長臉帶笑意的說。

「那是因為，現在不是在店裡呀，回到店裡，我還是會叫店長的。」我解釋的說。

「切～真不明白妳在想什麼。」聿丞學長用手刀輕敲了敲我的頭。

就是不能讓你明白，我喜歡你的心情。對我來說叫店長，代表上司和下屬的關係，叫聿丞學長，則代表我的喜歡。

「還不算太晚，小晴，還想去哪嗎？」聿丞學長問。

「啊？這個……」一時回答不出的我，心裡正天人交戰著。替補上場的我，不能占據先發的位置太久，但我又好想再跟聿丞學長多在一起些時間。

「雖然有些無理，但小晴，能再陪我一下嗎？就今天晚上，我不

想一個人。」聿丞學長用略帶哀傷的口吻說著。

「嗯。」我點點頭，最後，感性戰勝了理性。

我們先是到了附近的商店街，逛街時，稍嫌過分開心的聿丞學長顯得有些奇怪。

「小姐，這條手鍊妳戴起來很好看呢！」我們逛到一家銀飾店時，銀飾店的老闆稱讚的對我說。

「呵，真的嗎？」我試戴完，微笑的看著，覺得還挺滿意的。

「嗯，真的挺適合妳的。」聿丞學長也附和的說。

「但價格有些貴呢！」我說，若能再便宜一些就好了。

「老闆，既然這麼適合她，就算便宜一點嘛！這樣這條手鍊也會因為遇到了可愛的主人而開心的。」聿丞學長回過頭去開始跟老闆殺價。

「這已經很便宜了呢！不能再低了啦！」老闆果然不輕易被殺價。

但聿丞學長開始死纏爛打，鼓動三寸不爛之舌，最後終於說服老闆。

「好啦！看在今天是白色情人節的分上，男朋友又說成這樣，我就再給妳打個七折。」老闆投降的說。

「唉呀！老闆你真是帥呆了！」聿丞學長奉承的說，接著從皮夾掏出錢來付帳。

「咦！？怎麼是你付？」我驚訝的問。

「白色情人節，哪有讓女朋友付帳的道理，你說對吧，老闆？」聿丞學長對我眨了眨眼。

「小姐，妳可真是好眼光，妳這男朋友不僅長得帥、又體貼，還這麼會殺價。」老闆稱讚的說。

「呃，但我不是⋯⋯」

「聽到了沒有？要對我好一點喔！」聿丞學長連忙打斷我的說。

「既然這樣，這戒指跟手鍊是一對的，乾脆一起買，當你們『定情之物』好了，算你們便宜一點。」老闆推銷的說。

「嗯，我們再考慮一下好了。」我連忙將聿丞學長拉走。

「怎麼了？」聿丞學長微笑的問。

「你剛剛在幹麼呀？人家說你是我男朋友，你也不否認？」我質疑的問，但心裡其實是開心的。

「呵，老闆又不認識我們，要解釋太麻煩了，而且這樣也挺有趣的。」聿丞學長說完，把包裝好的手鍊遞給我，對我說：「收好喔！這可是我們的『定情之物』呢！」。

「啊，忘了給你錢。」說完，我打開包包準備拿錢。

「不用了，下午時妳不是說，既然要獎勵辛勤工作的員工，一場電影沒辦法打發妳嗎？所以這個，就當是我送給妳的禮物吧！」聿丞學長把錢推還給我。

「不行啦！」我又把錢塞了回去。

「小晴，其實，我真的很謝謝妳今天晚上能夠陪我，這是我一點心意。」聿丞學長神情認真的說。

「嗯，那就謝謝了。」見到聿丞學長的神情，我便沒再推辭了。

「肚子也該餓了吧？要不要去吃個消夜？」聿丞學長問。

「好呀，不過我想先去上個洗手間。」

「嗯，我在這裡等妳，妳慢慢來就好。」

在去洗手間的路上，我再次經過剛剛那家銀飾店，然後，將跟手鍊一對的戒指買了下來。

「喔！？原來想給男朋友一個驚喜呀！我還納悶你們怎麼突然就

走了呢！」老闆看似恍然大悟的說。

　　我只是微笑，並沒有回答，因為連我自己也不明白，為什麼要繞回來買這戒指。

　　「要幸福喔！」老闆最後祝福的說。

　　是呀！我也希望，聿丞學長和我都能幸福。只不過，聿丞學長的幸福建立在芷榆學姊身上，而我的幸福，在將聿丞學長從心底抹去之前，大概不會來了吧？

　　聿丞學長帶我到一家有名的滷味店，說這家店的滷味很好吃，就算凌晨一、兩點，也經常門庭若市。

　　「果然人很多呢！」我說，那時已經晚上11點多了。

　　「先找位子吧。」聿丞學長說。

　　「好像沒什麼位子了……不過，你怎麼知道這家店的？開在小巷子裡，很難發現的。」我問。

　　「一開始是芷榆帶我來的，後來，我就經常和她一起來了。」聿丞學長回答。

　　「原來如此。」我的心直往下沉，聿丞學長的話提醒了我替補的身分，早知道就不問了。

　　但這時，聿丞學長突然停止了動作，整個人僵在原地，楞楞的望著不遠處。

　　「嗯？怎麼了嗎？」我好奇的問，接著順著聿丞學長發楞的方向望去。

　　我見到了印象中美麗的芷榆學姊，即將成為廣告明星的她，比學生時期更加亮眼，在人群中極為特出。

　　而她身旁，有個如藝人般帥氣的男生坐著，周圍還有好幾個有著時髦裝扮的漂亮男女，最重要的是，芷榆學姊和那帥氣男生的互動，感

覺起來，不太一般。

「聿丞學長……」我擔心的叫了叫，但他沒有反應。

「小晴，我突然不太餓了呢，小晴呢？」過了一會兒，聿丞學長才這樣說。

「我原本就不是很餓……」我回答，聿丞學長的側臉看起來有些失神。

「既然如此，那我們走吧。」聿丞學長轉過身去。

「就這樣走了，真的沒關係嗎？」我確定的問。

「……」聿丞學長沒有回答。

「不問問嗎？」我再問。

聿丞學長搖搖頭，然後輕嘆了嘆，帶著哀傷的神情，逕自朝店外走去。

靠著機車，望著深沉的黑夜發呆的聿丞學長，獨自神傷的模樣令人不捨，好一會兒，他才發現我站在他眼前。

「喔，對不起！我剛剛在發呆，沒注意到妳，那我們走吧！」原本說好吃完消夜，要去高一點的地方看夜景的，所以，聿丞學長拿出車鑰匙想插入鑰匙孔發動機車，但卻怎麼也插不進去，這一幕讓我感到好心痛。

「聿丞學長……」

「不用擔心，我沒事……」聿丞學長用虛弱的聲音說。

「可能只是誤會……」我想替芷榆學姊解釋。

「別說了，小晴，真的別說了……」聿丞學長制止的說。

「……」

「對不起，小晴，我需要一個人靜一靜……」

「……我知道了。」我說，一向溫柔體貼的聿丞學長，卻對我下

了逐客令。可以的話，這種時候，真想陪在他的身旁。

「小晴，今天晚上任性的讓妳陪著我，又任性的想要自己一個人，我真的感到很抱歉……」聿丞學長道歉的說。

我抿著嘴，搖了搖頭。

「別想太多，那……我先走了。」我道別的說，往後，我能再見到以往那個樂觀開朗的聿丞學長嗎？

「嗯。」聿丞學長點了點頭，然後又說了聲抱歉。

望著聿丞學長的模樣，我有點擔心他能不能自己回家，只好晚點再打電話給他，或去他的住處看看，確定他回家了沒。

於是，在白色情人節這天，聿丞學長建立在芷榆學姊的幸福，變得搖搖欲墜，而我的幸福，也開始變得不確定了。

小雁

「碰！」的一聲，排球與地面猛烈的撞擊聲，讓心不在焉的我嚇了一跳。

「小雁！練球時在發什麼呆！？」教練生氣的朝我吼著。

「對不起！」我立刻道歉的說。

「罰跑活動中心五十圈！立刻！」教練指著我，生氣的命令著。

「是！」

跑完後，我渾身乏力的坐在場邊休息，腦海裡依然上演著不久前在7-11發生的那一幕，那天之後阿謙真的從我眼前消失了。

「阿謙這討厭鬼，人家只是說氣話而已嘛……幹麼這麼聽話，真的就不來找我了……」我自言自語的說。

我現在對阿謙的心情，是又喜歡又氣腦，尤其是找我陪他一起去買要送我的情人節巧克力，還讓我自己包裝這件事，最讓我生氣！

「齁～明明很聰明，怎麼對這方面就這麼少根筋呢！討厭死了啦！」我拿起手邊的排球，不停地用力拍打地面洩氣。

不過，即使這樣，在這一刻，我還是好想馬上見到他。但我跟他說「永遠不想再見到他」，這樣的我如果跑去找他的話，光想就覺得好丟臉，這樣的事我做不來，只好等他來找了，但我還罵他大笨蛋，他一定生氣了，不會再來找我了……

「怎麼會這樣？原本還能當朋友的，就算一直是青梅竹馬也不要緊，至少還能夠見到他……」我喃喃自語的說。

「小雁姐姐！」耳邊響起了個好聽的聲音，我抬起頭來，見到張可愛的笑臉，是我的假想情敵，不過，像我這種渾身臭汗、一點魅力也沒有的運動女，她根本不會把我視為對手吧？

「喔，是小遙呀！」我努力擠出笑容的說。

「小雁姐姐，妳在做什麼？沒在練球呀？」小遙好奇的問，她所

屬的熱音社也在活動中心練習，所以，我常會聽見她悅耳的歌聲。

「我剛練球時分心，所以被教練罰跑，現在跑完正休息著。」我回答。

「咦？為什麼分心呢？」小遙眨著明亮的雙眼，好奇的望著我。

「這個，在想一些事情……」我含糊地說。

「小雁姐姐可是主力攻擊手，不認真練球可不行喔！」小遙雙手叉腰的說，那模樣真是可愛，雖然是情敵，但要討厭這麼可愛的情敵，還真困難。

「是，我會注意的。」我應和的說。

「嗯，小遙……妳最近有看到阿謙嗎？」我假裝不經意的問。

「謙哥哥嗎？有呀，怎麼了？」小遙疑惑的問。

「喔，我只是隨便問問，因為最近好像都沒見到他來活動中心找妳……」我隨口找了個理由，不過她叫阿謙「謙哥哥」，這真令人羨慕，我也好想這麼叫。

「咦？來活動中心找我？」小遙困惑的張大雙眼。

「是呀。」我點點頭。

「呵，哪是呀！謙哥哥他是來找妳的吧，小雁姐姐。」小遙開心的笑著說。

「啊！？來找我？」

「對呀，謙哥哥他假借聽我練唱的名義來活動中心，我想，他其實是來看小雁姐姐。」小遙解釋的說。

「咦？是這樣嗎？」我驚訝的問。

「呵，妳怎麼不乾脆自己問謙哥哥呢？」小遙微笑的說。

問題是，我現在不能去見他呀，而且就算見到他，像「阿謙，你來活動中心是專程來看我的嗎？」這種話，我這種純情少女，怎麼問得

出口呢？

「不過，小雁姐姐，妳也該去看一下謙哥哥喔，他前不久好像出了個小車禍。」小遙隨口說出的訊息讓我嚇了好大一跳。

「什麼！？阿謙出車禍！？什麼時候的事情！？」我驚訝的不能自己，音量也不自覺地提高了。

「聽說謙哥哥前不久翹掉第八節課，回學校時變得失魂落魄，當天回家騎腳踏車不小心發生了車禍。」小遙簡單描述的說。

那不就是白色情人節，我和阿謙在7-11不歡而散那天嗎？難道是我的關係嗎？

「那他怎麼樣？嚴重嗎？」我關心的問。

「還好不是很嚴重，不過因為腳受傷了，所以走路有些跛跛的。」小遙回答。

「腳受傷了呀⋯⋯」我喃喃的說，想到可能是因為自己，才害阿謙車禍受傷，我感到既心疼又自責。

「對了，小雁姐姐，白色情人節那天，謙哥哥他到活動中心來找妳，我告訴他妳們去操場練跑，他那天有找到妳嗎？有把巧克力送給妳嗎？」小遙問。

「算有吧⋯⋯」我回答，他找到了我，也將巧克力送給我，只是我並沒有收，我怎麼能收下自己包裝的巧克力？

「那就好，若是小雁姐姐的話，我就把謙哥哥讓給妳好了，妳可要對他好一點喔！雖然謙哥哥在很多方面都很擅長，但唯獨某件事卻很笨拙。」小遙說。

明明是我認識阿謙比較久，但小遙怎麼好像比我更了解阿謙？這讓我感到不服氣，不過聽起來，她好像對阿謙沒意思，這讓我感到安心。

「哪件事？」我問。

「關於戀愛這件事。」小遙說完後，望了望我，接著微笑的說：「小雁姐姐，加油！」

練完球已經將近七點，爸媽今天晚上去參加喜宴，讓我晚餐自己想辦法解決，疲累的我懶得動腦筋，準備到7-11看看，還剩什麼便當能買。

傍晚時分，7-11的客人正多，櫃台的可愛店員正忙著結帳，在好奇心的驅使下，我偷瞄了瞄她的名牌，上頭寫著「思晴」，旁邊的帥哥店長忙著煮City Cafe，但以往總帶著微笑的他，今天卻是面無表情，幸好等著咖啡的大學情侶，正開心地聊著，所以並不介意，我突然覺得那個男生有點眼熟，似乎在哪見過？

一眼望去，只剩下國民便當，不過已經七點了，這是正常的。我拿了個國民便當，到櫃檯結完帳後，請可愛店員替我弄熱，便在店內找了個座位，打開便當吃了起來。

「該不該去看他呢？但又覺得好丟臉……」我喃喃說著。

這時「叮咚」一聲，外頭走進個一跛一跛的男生，那身影一看就知道是阿謙！是呀，阿謙和我都經常來這家7-11，住在附近又念同個學校，怎麼可能永遠不見面？那天，我到底是在任性什麼？雖說，送女孩她自己選購兼包裝的巧克力很沒情趣，但至少阿謙送巧克力的對象不是小遙，而是我呀！那不就代表，他對我是有好感的嗎？

現在該怎麼辦！？自己去找他很丟臉，但若巧遇的話就不會了吧？現在正是好機會，否則以後真的見不到他，該怎麼辦？

「小雁！？」一個再熟悉不過的聲音響起，在我尚未做出決定之前，阿謙已經先發現了我。

「……」一時之間，我說不上話來。

「小雁，很抱歉！我不是故意出現在妳面前的……我馬上走，馬上就離開！」阿謙說完，立刻轉身，努力加快著有些跛的步伐，朝店門走去。

「等等！阿謙，我……」話還沒說完，阿謙因為走著太急，受傷的腳一下子支撐不住，眼看就要跌倒，情急下，我連忙過去扶住他。

「……謝謝妳，小雁。」阿謙沉默了一會兒，接著道謝的說。

「腳都受傷了，就別勉強自己，先坐下來休息一下吧。」說完，我扶著阿謙在我的座位旁坐了下來。

「但小雁，妳說妳不想再……我坐這裡沒關係嗎？」阿謙擔心的問。

「所以才說你是笨蛋，那天，我是因為生氣才那樣說的。」我沒好氣的說。

「那現在呢？」

「現在……不生氣了啦。」我回答。

「是嗎？不生氣了嗎？哈，太好了！真是太好了！」阿謙一副如釋重負的模樣。

「阿謙，你吃過了嗎？」

「還沒，我爸媽和小雁的爸媽一起去參加喜宴了，所以，我才來買晚餐。」阿謙回答。

「那你想吃什麼？我幫你買。」我問。

「那怎麼好意思，我自己買就好。」阿謙說完便要起身。

「既然是傷患，就乖乖接受人家的好意，想吃什麼？快說！」我命令的說。

「這樣呀……那就跟小雁一樣好了。」阿謙妥協的說。

我拿了另一個國民便當，付帳加熱後，擺在阿謙面前，然後在他

身旁坐了下來。一時之間，我和阿謙都安靜的吃著便當，沒人說話，最後，忍不住打破沉默的是阿謙。

「那天……小雁生氣的原因，我一直想不明白，可以的話，能告訴我嗎？」阿謙開口問我。

「都說不生氣了，你還問……」我白了他一眼。

「可是，我真的不明白我做錯了什麼？」阿謙委屈的說。

「給你個提示，回去自己想，不然一回想，我又要生氣了。」我說。

「什麼提示？」阿謙眼睛發亮的問。

「巧克力。」我回答。

「巧克力？就這樣？」阿謙困惑的問。

「對。」我點點頭。

阿謙大概是怕我生氣，所以沒繼續追問，但看他的神情困惑，似乎仍不明白巧克力這提示，跟我生氣有什麼關係。

「那個……我聽說你出車禍，還好嗎？」我關心的問。

「還好，腳受了點傷，醫生說大概一個月左右就能痊癒。」阿謙微笑的說。

「怎麼這麼不小心呢？」我心疼的問。

「因為當時剛好在想事情，沒注意到前面有車，所以才會……」阿謙簡單解釋的說。

「阿謙，你出車禍那天……是我們不歡而散那天嗎？」

「……嗯。」阿謙猶豫了一會兒，點了點頭。

「那你騎車會心不在焉……是因為那天發生的事情嗎？」我有些歉疚的問。

「不是的！是我自己不小心，跟那天的事沒關係，也不關小雁的

事。」阿謙連忙解釋的說，似乎想把所有責任都攬在身上。

「是這樣嗎？」我喃喃的說。

「真的！小雁別想太多，我騎腳踏車時，原本就喜歡左顧右盼的欣賞風景，看來這習慣得改了，哈哈。」阿謙說完，乾笑了兩聲。

「呵，傻瓜。」見到阿謙賣力說服我的模樣，突然覺得這樣的阿謙既可愛又貼心，忍不住微笑了起來。

「……」阿謙用快哭出來的表情望著我。

「怎麼了？這樣看我？」

「因為小雁妳笑了呀，還以為，沒辦法再見到妳的笑容了呢……」阿謙很哀怨的說。

「神經！哪有那麼嚴重呀？」我又好氣又好笑的說。

「因為，這是妳第一次對我說『不想再見到你』，我當然會覺得很嚴重呀，以後別再說那種話了，好嗎？」阿謙央求的問。

「……好啦，我以後不再說了。」我答應的說，但覺得我和阿謙的對話有些奇特，這是一般青梅竹馬該有的對話嗎？

「那以後，還能找妳一起騎車回家嗎？」阿謙問。

「嗯。」我點點頭，沒理由拒絕的，因為我也很喜歡和阿謙一起騎車回家。

「呵，那就好。」阿謙微笑的說。

「……」我沉默望著阿謙。

「怎麼了？」阿謙疑惑的問。

「阿謙，你沒別的話對我說了嗎？」我問。

「嗯……」阿謙略想了想，接著搖了搖頭。

阿謙這傢伙，都在白色情人節送我巧克力了，難道就沒其他的話想對我說了嗎？像是「我喜歡妳」或「當我的女朋友吧」之類的？

「阿謙，你之前經常去活動中心，是為了……」我說到一半停了下來。

「嗯？」阿謙困惑的望著我。

「沒事。」我微笑的搖搖頭，最後，我還是把「來看我的嗎？」這幾個字給吞了回去。

「嗯，小雁……」輪到阿謙欲言又止。

「嗯？」

「等我的腳傷好了，能找一天一起出去玩嗎？」阿謙邀約的問。

「好呀，不過在那之前，你要乖乖養傷。」我回答，心裡很是開心。

雖然最後我並沒有收下阿謙的巧克力，但白色情人節的小插曲，似乎讓我和阿謙的距離變得更近，大概是友達以上、戀人未滿。

也明白了，其實阿謙是很在意我的。

話說回來，阿謙要送我的巧克力，最後到哪去了？

關於這點，還真令人好奇。

秋廷

　　最近銀行的同事只要見到我，都會過來拍拍我的肩膀，對我說聲「加油」，而我，只能苦笑。

　　「秋廷，你在搞什麼呀！？上個月只賣兩張就算了，這個月到現在，一張都沒有！？」主管把我叫去質問。

　　「抱歉，因為最近我接觸的都是女性客戶，所以……」我吞吞吐吐地說。

　　「不擅長跟女性相處也該有個限度吧！？這也太誇張了！我看國中男生對女生都比你有辦法，秋廷呀！再這樣下去你要喝西北風了！你這害羞純情的毛病一定得改！」主管嚴厲地說，不過我感覺得出來他是為了我好。

　　「我會努力改進的。」我說，但卻沒什麼信心。

　　「不過，你把依依帶得不錯，上頭好像挺滿意的。」主管說。

　　「上頭很滿意……我很好奇上頭到底是？」我好奇的問。

　　「我的層級還不夠高，所以沒辦法知道，但我猜一定是高層那兒吧？」主管說。

　　「高層，這樣說來依依的後台很硬囉？」

　　「那當然，你沒見她一副千金大小姐的模樣？好在家教不錯，對長輩挺還有禮貌的。」

　　跟主管談完走出來後，見到一張幸災樂禍的臉正微笑的望著我。

　　「幹麼？」我沒好氣地問。

　　「呵，可憐的秋廷學長，兩個月前還是我們分行的王牌理專呢！沒想到現在會淪落到被經理請去喝咖啡。」女孩似笑非笑的對我說，她叫樂兒，是我大學的社團學妹，也是少數我能輕鬆交談的女性。

　　「別糗我了，我現在可是傷透腦筋呢！」我無奈的說。

　　「有什麼好傷腦筋的，你就跟以前一樣，找男客戶推銷就好了

呀。」樂兒說。

「但男客戶現在是依依負責的，所以……」

「呵，我看你是對依依沒轍吧？」樂兒微笑的說。

「因為她也是女性嘛……」我無奈的回答。

「是呀，而且還是非常漂亮、可愛的女孩，唉！男人怎麼都這樣呢？」樂兒聳聳了肩。

「呃，真抱歉。」

「那……我也是女孩子吧？」樂兒突然的問。

「這樣問真奇怪，妳當然是女孩子，而且還是分行最可愛的女孩。」我回答。

「喔？比依依還可愛？」樂兒問。

「這個……」我猶豫了一下，不曉得該怎麼說才好。

「秋廷學長，你真的很不會哄女生耶！像這時候，男生幾乎都會毫不猶豫的點頭，只有你還在那兒遲疑，難怪沒女生喜歡你。」樂兒沒好氣的說。

「我是覺得，樂兒和依依各有各的可愛……」我絞盡腦汁，終於擠出這句話來。

「……勉強接受。」樂兒說完，頓了頓後，接著說：「所以，秋廷學長，我有什麼要求的話，你會拒絕我嗎？」

「啊？樂兒妳會有什麼要求？」我擔心的問，一個依依就已經搞不定了。

「你回答就對了。」

「嗯……只要我做得到，應該都不會拒絕的。」

「呵，這才是我的好學長。」樂兒說完，逕自往樓上走去。

啊？我是不是做了個不太妥當的承諾呢？算了，不去想了，現在

有更令我傷腦筋的事，等會兒還是跟依依商量一下，讓她把男客戶分我一些，業績就不會這麼慘了，否則這個月搞不好真會掛零！

因為依依要先去拜訪客戶，所以我們約好在常去的7-11會合，再一起跑下午的行程。

「等很久了嗎？」依依踩著輕快的步伐從外頭走了進來，接著在我身旁的空位坐了下來。

「還好，喏，這給妳。」等依依時，我點了杯City Cafe，順便替依依點了杯拿鐵。

「喔，秋廷前輩，謝謝你。」依依微笑的接下。

「看樣子，是談妥了？」我問。

「呵，是呀。」依依微笑點頭。

「依依，我看妳可以出師了。」

「呵，這多虧了秋廷前輩的指導呀。」

「其實，我也沒教妳多少……況且，我現在是自身難保呀……」我洩氣的說。

「這個月，秋廷前輩好像還沒談成任何一件？上禮拜那個女老師，感覺上很有興趣呀，不是有約出來詳談了？沒成嗎？」依依關心的問，我和依依一起跑拜訪行程後，有興趣的客戶，我們會再各自與客戶見面細談，不過偶爾也會一起去。

我搖搖頭，回答：「又搞砸了……」

「為什麼呢？」依依困惑的問。

「我也不知道呀！」我露出比她更困惑的神情。

「真奇怪，都已經練習這麼多次了……」依依說完頓了頓，接著說：「像今天，秋廷前輩怕我口渴，還替我買了杯咖啡，對女孩來說，這可是很貼心的行為，明明已經進步很多了，怎麼還不行呢？」

「依依呀，我在想……」我想跟依依說，要不分些男客戶給我，跟女性相處的罩門慢慢再改就好，否則我這個月業績一定會掛零。

「秋廷前輩，我決定了！從今天開始，展開一對一約會特訓！直到你憑自己的力量，賣出第一筆女性保單為止。」依依突然的說。

「啊！？約會特訓！？」

「每天下班後開始進行。」

「依依，妳是認真的嗎？」我問。

「當然，在秋廷前輩如此困苦時，能伸出援手的，就只有我了！」依依神情認真的說。

其實，只要把男客戶分些給我就可以了……

雖然業績可能掛零很傷腦筋，但能跟依依約會，那也很棒……

而且只要一直沒賣出女性保單，那我就能一直跟依依約會……

等等！？我在想什麼！？我應該是要快點想辦法解決目前的困境才對！

可是，若這樣能一直跟依依約會，那似乎也……

就這樣，我又因為依依，陷入了另一個困境。

在車上等著依依時，發覺自己過了青春期，才真正體會「既期待，又怕受傷害」的感覺。

「秋廷前輩，因為要跟你約會，所以我得回去打扮一下，記得準時來接我喔！女生最討厭男生遲到了！」跑完下午的行程之後，依依叮嚀的說。

「我會準時的，不過，這樣真的好嗎？」我問，明明有著男朋友，卻要在下班後陪我約會，若我是依依的男友，知道了一定大吃飛醋，非常不高興。

「嗯？有什麼不好？難道……秋廷前輩討厭跟我約會？」依依說完，用著困惑的神情望著我，眼裡有種不會有男生討厭跟她約會的絕對自信。

「怎麼會呢！？能跟依依約會我很高興……」我連忙回答。是呀，高興都來不及了！只是，橫刀奪愛這事我從沒想過，也做不來。

「嘻！能跟我約會，你很高興呀！不過，要記得，這只是特訓而已喔！」依依燦爛的笑著說。

望著依依令人醉心的微笑，我突然覺得即使保單賣不出去也不要緊了，只要能跟依依在一起就好……

錢財乃身外之物，只要有紅顏相伴，此生夫復何求？

「嗨！等很久了嗎？」當依依出現時，已經是約定時間的半小時後了。

「……」我望著眼前的依依，驚訝地說不出話來，她穿著米白色合身的套裝，披著亮粉色的小外套，襯托出她美好的身形，似乎畫了點淡妝，還編了幾條小辮子，弄了公主頭，經過細心打扮後的她，實在是太可愛了！

「秋廷前輩，這時候你應該馬上跟女生說：『還好，不會很久。』要記得，準時來接女孩是男生的義務，但遲到則是女生的權利，明白了嗎？」依依馬上進行約會教學。

「明白了……」我愣愣地回答，平時依依穿的OL套裝，雖然也很好看，但打扮後的依依，絕對比平常的她可愛上十倍，沒想到我能有機會和這樣的依依約會。

「幹麼不說話，還一直呆呆地看著我？」依依問。

「呃，對不起……因為依依妳今晚真的很可愛……」我老實回答。

「那是說平常不可愛囉？」依依反問。

「不是的！平常當然也很可愛，只是今晚特別可愛！」我連忙解釋。

「嘻！逗你的啦！秋廷前輩，瞧你緊張的！不過，這樣的回答還算及格。」依依微笑的說。

「呼～」我鬆了口氣。

「那我以後就穿這樣去上班？」依依問。

「呃，這樣好嗎？」

「哪不好？」依依問。

「雖然這樣很可愛，但身為理專，還是要在外表上給人種專業的形象比較好。」我回答。

「嗯，有道理。」依依認同的說。

但其實，我的私心告訴我，這樣可愛的依依，我一個人欣賞就好了。

「那我們出發吧！」依依充滿朝氣的說。

原以為後台很硬的依依，該是位千金大小姐，理所當然會嫌棄我的機車後座，沒想到依依似乎並不討厭，甚至有些喜歡。

「以後，若跑行程的地方不遠，不一定要開公司的車，騎車去好像也不錯呢！」依依在後座這樣對我說。

難道，依依並不是公司裡位高權重大人物的千金什麼的？

我和依依先去用了晚餐，期間，依依告訴我許多和女生一起用餐時，該注意的細節。

「秋廷前輩，記得一定要幫女生拉椅子喔！」

「要讓女生先點菜，假如她拿不定主意的話，你可以試著給建議，但永遠不要替她決定。」

「還有，絕對別在女生面前，誇獎女服務生或是隔壁桌的女孩漂亮可愛，即使那是明顯的事實。」

依依好像還講了很多，不過，因為我太專心看著依依，所以耳朵變得不大靈光，很多話都沒聽進去。

「接下來呢？」我問依依。

「就到處逛逛吧！」依依回答。

在百貨公司這一站，依依拿出了傳說中的信用卡，也就是額度無上限的黑卡，然後，讓我見識到了什麼叫做「花錢不眨眼」……

確定了！依依絕對是大人物的千金！否則絕對不能一眨眼就刷掉十幾萬，還能跟專櫃小姐開心地聊著今天沒有很中意的東西。

業績好時，一個月也才十幾萬收入的我，有能力成為依依的男朋友嗎？

「秋廷前輩，你怎麼了？」依依困惑的問。

「我沒事，不過，依依……妳刷這麼多，沒關係嗎？」我試探性的問。

「呵，爸比會負責的，別擔心喔。」依依微笑的說。

確認無誤，依依的爸爸絕對是個大人物。

一瞬間，我覺得依依變得離自己很遠，因為富家女跟貧家男能有美好結局，通常只會出現在小說裡。而且，那個貧家男，通常是個有才華、有長相的男生，而我兩樣都沒有，還患有輕度的恐女症。

唉，真是前途黯淡呀！

逛完百貨公司，我問依依還有沒有想去的地方，依依考慮了很久，總算下定決心，她說，她想去個一直想去，但一直沒去的地方。

「什麼地方？很難去嗎？」我好奇的問。

「夜市。」依依回答。

「夜市！？這地方應該不會很難去⋯⋯」我有些訝異，夜市應該是想去就能去的地方才對。

「我從小就被爸比送出國念書，那裡沒夜市的，回國後，聽人家說夜市有很多新奇好玩的東西，但爸比說夜市又亂又髒，不准我去，所以，到現在都沒去過。」依依遺憾的說。

「比起百貨公司，夜市當然是比較髒亂一點，但夜市可是台灣特有的產物，身為台灣人，沒去過夜市，也太奇怪了。」

「對嘛！我也是這樣跟爸比說，但他就是不同意⋯⋯」

「那現在時間正好，要去嗎？」我問。

「秋廷前輩，若女生說她有個很想去的地方，不管天涯海角，你都要不辭辛勞的帶她去，那才是好男生喔！」依依說。

「我明白了，那上車吧！我們馬上出發！」

「遵命！」依依微笑的說。

到了夜市，依依似乎是大開眼界，開心的忘了約會教學這件事，這讓我明白，雖然依依是有錢人家的千金小姐，但同時也只是個二十出頭的天真女孩，而且還有些不諳世事。

「夜市能刷卡嗎？」一般女孩絕不會問出這樣的問題，但依依就很認真的問了，所以，逼得我也得認真回答。

不過也因為如此，我為數不多的現金派上用場，總算是為男人爭了口氣。

時間接近凌晨，依依幾乎玩了夜市裡所有遊戲，吃了一半的小吃，雖然都只吃幾口，剩下的留給我解決，她依然遊興不減，似乎還想逛下去，直到手機開始出現奪命連環扣。

「爸比一直打電話來⋯⋯」依依無奈的說。

「快12點了，也該回去了，不然妳爸比會擔心的。」我說。

「突然覺得自己好像灰姑娘喔，12點就得恢復原狀了……」依依嘟著嘴，失望的說。

「呃……這譬喻好像……」我不曉得怎麼形容才好，因為平常的依依並不是灰姑娘，而是公主。

公主今晚雖然體驗了平民的生活，但時間一到，還是得回到皇宮，細心打扮自己，等待著帥氣的王子到來。

而我，大概只是公主體驗平民生活時，一個有趣的插曲吧？

諷刺的是，當我體會到自己與依依的差距時，也同時發覺……

我終於，還是喜歡上依依了。

小芙

　　跟子軒已經約會過三次了，在晏如的指導下，每次約會都很順利。

　　「聽妳的形容，我覺得他應該挺喜歡妳的，現在就等他跟妳告白了。」晏如這樣說著。

　　「真的嗎？他真的會跟我告白嗎？」我既驚且喜的問，經過這幾次相處，我愈來愈覺得子軒是個很棒男生，豐富的內涵和優雅的談吐，讓他更顯魅力。

　　「瞧妳著急的，妳好歹也是個美少女，矜持一點好嗎？」晏如取笑的說。

　　「人家哪有很著急！？」我反駁的說，但害羞的臉都紅了。

　　「照我判斷，他應該是個內向的男生，要等他告白，可能得花上不少時間，然後妳的青春就這麼流逝了……」晏如說到這兒，朝我望了一眼，頑皮的吐了吐舌頭。

　　「晏如，妳在說什麼呀！？沒個正經的！」我假裝生氣的說。

　　「呵，好啦！不逗妳了！我的意思是，不能只是乾等，必須擬定適當策略稍微Push他一下。」晏如解釋的說。

　　「什麼意思？」我不解地問。

　　「就是想辦法替他製造對妳告白的場景和契機，否則大概得等很久。」晏如說。

　　「得等很久嗎？」我失望的說。

　　「還說不急，瞧妳一臉失望的樣子。」

　　「齁～」我發出抗議的聲音。

　　雖然晏如使勁的虧我，但她還是替我擬定了策略，要我見機行事。

　　但我很擔心，自己真的能妥善運用晏如的錦囊妙計嗎？

跟前幾次約會相同，我和子軒先約在我們相遇的7-11，我再讓子軒載，而子軒總是比我先到，然後我們會一起喝杯咖啡。

　　我喜歡這樣，因為，這家7-11的咖啡是我和子軒的起點，不曉得他喜不喜歡？

　　「策略一：讓他載時，先別緊抓著握把，把雙手放在自己的腿上，看準了路不平或緊急剎車的時候，順勢抱住他，再假裝因為害怕忘了放開，之後就一直抱著。」我憶起晏如的策略。

　　「唉呀，這種事我做不來啦！」

　　「小芙，怎麼了嗎？」子軒困惑的問，買完咖啡回來的他，正好聽見我的自言自語。

　　「沒、沒什麼！」我回答，羞的臉都紅了，居然想著怎麼趁機抱男生，真是太丟臉了！

　　「喏，妳的咖啡。」子軒把咖啡遞給我。

　　「謝謝。」我道謝後接了過來。

　　「小芙好像很喜歡咖啡？」子軒問。

　　「啊？怎麼會這麼想？」我反問。

　　「因為，每回來7-11，妳都會點一杯。」子軒回答。

　　「嗯，雖然不討厭，但其實我，也沒那麼喜歡咖啡。」

　　「是嗎？我倒是挺喜歡的。」子軒笑著說。

　　不曉得說什麼的我沒有接話，所以，我們之間有了短暫的沉默。

　　「你不想知道，為什麼我不那麼喜歡咖啡，卻老是要點的原因嗎？」我好奇的問。

　　「想呀。」

　　「那你怎麼不問？」

　　「因為，感覺起來，好像是個不能說的祕密吧？」子軒說完，笑

了笑。子軒真是個體貼的好男生。

「那你為什麼喜歡咖啡？」我問。

「喜歡咖啡的香氣，也喜歡端杯熱咖啡在手上的感覺，好像有種思考的氣質，最近還因為咖啡……所以更喜歡了。」他回答。

「因為什麼？怎麼沒說？」我問。

「呵，我也有不能說的祕密呀。」子軒笑著揚了揚眉。

「真奸詐呢！幸好我也沒說。」

「其實，我不是喜歡咖啡，而是喜歡和你一起喝咖啡。」

若我能將心裡的想法，直接告訴他，那該有多好？

「今天想去哪兒？」子軒問。

「嗯，我想想……」

一小時後，我和子軒來到個號稱是情侶約會聖地的地方。

「策略二：想成為情侶，就必須像對情侶，所以，要去情侶約會常去的地方，讓他從其他情侶身上感受到情侶的甜蜜，這樣能刺激他快些下定決心跟妳告白，但切記，不管何時，妳一定要保持女孩子的矜持，因為人們永遠不懂得珍惜容易到手的東西，包括愛情。」我又憶起晏如的話。

容易到手的愛情，人們真的不懂得珍惜嗎？

「真是個熱鬧的地方。」子軒說，感興趣的四處張望。

「第一次來嗎？」我問。

「騎車路過很多次，像這樣停下來到處逛，還是第一次，印象中，是個年輕情侶很多的地方，既熱鬧又充滿活力。」子軒形容。

「嗯，這地方經常有藝人來辦活動，像是簽唱會、握手會之類的，所以，藝人相關的周邊產品很多，自然就會吸引很多學生來這裡，當然……情侶也很多……」說到情侶我偷偷瞄了子軒一眼，然後心虛的

低下頭去。

應該不會被他發現，我想來這兒，是別有居心的吧？

「是呀，好像還有國中生的情侶……」子軒說完望了望我。

「還真早熟呢！哈、哈。」我乾笑的說。

有對國中情侶手牽手從我們面前走過，男生看起來不錯，但女生卻不怎麼樣。

身為美少女的我，居然輸給了長得不怎麼樣的國中女生！自尊心大受打擊！

「那我們到處逛逛吧！」子軒說。

真希望他說完這話後，能牽著我的手一起走，但他只是帥氣的將手插在口袋裡。

而且剛剛騎車過來時，我還是死命地抓住後座把手不放，完全沒能執行晏如的策略。

「古時候打仗時，軍師會給主帥出謀劃策，但最後做決定的還是主帥，就算軍師的策略再好，但主帥不執行的話，那也是巧婦難為無米之炊。」我想到這禮拜去上中國通史課時，教授談到三國時代，呂布的軍師陳宮面對曹操來襲連獻上、中、下三策，但呂布後來都沒能執行，陳宮只能感嘆。

不曉得晏如是否也會和陳宮一樣，感嘆自己懷才不遇呢？

「怎麼了嗎？」子軒回過頭來問我。

「沒事。」我搖了搖頭，微笑的說。

只是輕輕跟在子軒身後，望著他的身影，我就感到心滿意足。

不知不覺中，已經變得這麼喜歡他了，但即使如此，要我跟子軒表白，大概還是做不到吧？這樣的我，該怎麼辦呢？

晏如，雖然妳是個非常優秀的軍師，但我卻是個軟弱無能的主

帥，大概沒辦法執行妳的策略了。

　　子軒，雖然很喜歡你，卻沒有勇氣告訴你，因為我的臉皮實在太薄了，所以，我只能夠等待了。

　　希望，你不會讓我等得太久。

聿丞

一晃眼，已經四月天了。

詩人與作家們，總喜歡描寫春暖花開、充滿戀愛氣息的四月天，彷彿四月是一年中最美妙的季節，所有戀情都會從這時展開似的。

但對我來說，卻是個令人傷感的四月天。

「可能只是誤會。」當時，小晴是那樣說的。

我想相信小晴說的，不，該說我必須相信，也不得不相信，因為不那樣的話，我腦中所描繪和芷榆的未來……不會有未來了……

「聿丞，或許，我們身處的世界已經有些不同了，我很抱歉……」但芷榆是這樣告訴我的，我所相信的，並沒有發生。

出乎意料的，我並不感到意外，彷彿早就知道會有這一天，我只是默默地等著它到來。

「世界已經不同了，是嗎？我明白了……」那時，我比自己想像的還冷靜地接受了殘酷的現實，什麼也沒說的離開了。

交往了四年的芷榆，就這樣離開了我的世界，我甚至沒試著挽留，因為我明白，人一旦變了心，便再也留不住。

然後，我回到了7-11，開始忙起店裡的例行事務，除了芷榆不再出現之外，彷彿一切都沒有改變。

不，或許還是有些改變，在那之後，我有了嘆氣的習慣。

「店長，送貨車來了，請你去點一下。」小晴對我說。

「我知道了。」我應了應。

「那個……」小晴欲言又止的說。

「怎麼了？」

「你沒聽見，我叫你店長嗎？」小晴問。

「聽見了。」

「那你怎麼沒糾正我，要我別再叫你店長？」

「喔，對齁，不過沒關係了，小晴喜歡怎麼叫，便怎麼叫吧。」我無所謂的說。

「……」小晴望著我，沒有回答。

「那我去點個貨，店裡先交給妳了。」我對小晴說，她不置可否的望著我一會兒，接著轉過身去。

小晴好像不開心了？我說錯什麼了嗎？

雖然感到小晴有些異樣，但如今，我也沒有餘力去瞭解了。

「不好意思，我要兩杯大熱拿。」一位男性顧客走到咖啡櫃台前這樣說著，我覺得他看起來有點眼熟。

咦！？他不就是上回從店裡飛奔出去追女孩的男生嗎？那麼在窗台那兒等他的女孩，是他上回追的女孩嗎？

「好的，馬上來。」原本要去點貨的我，改變了主意。

「冒昧請問一下，你是不是有一回從我們店裡飛奔出去追個女孩呢？」我邊製作熱拿鐵，邊這樣問。

「啊！？呃，是呀，真抱歉，在店裡奔跑。」他不好意思的回答。

「沒關係的，我只是好奇而已，那你後來追上了嗎？」

「嗯。」他點了點頭，眼裡滿是笑意。

「是那位嗎？」我往窗台的方向指了指。

「嗯，是呀。」他微笑的說。

「感覺上，是個很棒的女孩呢。」我稱讚的說。

「是呀，當時只是一股衝動，很想認識她，沒想到真能成功。」他說。

「呵，那這就是在我們店裡發生的愛情故事囉？」我微笑的說。

他苦笑的搖了搖頭，接著說：「還沒正式交往呢，不明白她的心

意，擔心若操之過急，會把一切搞砸……」

「也是啦，那就先祝福你囉，為了感謝你告訴我你們的故事，今天這兩杯熱拿鐵就算我的吧！對了，我叫聿丞，你呢？」

「謝謝，我叫子軒。」他回答。

我和芷榆的戀情在四月劃下句點，但他們的故事才正要開始，原來，四月不完全是令人悲傷的季節。

聽完子軒的故事後，我突然覺得好多了。

送貨員因為我的延遲，感到有些不悅，我客氣的道歉後，迅速的點完貨，回到店裡，這時店外有個腳受傷的男孩正一跛一跛的朝店門走來。

「需要幫忙嗎？」我走出去問。

「喔？不用了，謝謝你，我自己可以的。」他笑著回答，男孩有著好看的外表和討喜的微笑，但感覺似乎有著心事。

我跟在男孩身後，回到了店裡，小晴用憂傷的神情望著我，好像有什麼話想說。

「小晴，怎麼了？」我問。

「你對誰都很好，就只對一個人不好。」小晴這樣說。

「啊？誰呢？」我好奇的問，我對誰特別不好嗎？難道是對小晴？所以她才跟我抱怨？

「你，對自己最不好。」小晴回答。

「……怎麼會呢？」

「最近，你總在嘆氣。」小晴說。

「……」

「以前總把笑容掛在臉上的你，如今總是眉頭深鎖，嘆氣再嘆氣，即使這樣了，你還是體貼的對人好，明明很傷心的，卻要這樣勉強

自己，甚至比以前還要忙於工作，我……我不想再看到這樣的聿丞學長了……」小晴說到這兒，低下頭去。

「小晴，我沒有勉強自己。」我說，因為我若不讓自己忙一點，只怕意識到芷榆已經不在身邊的我，會突然嚎啕大哭起來。

「聿丞學長，你哭過了嗎？」

「呵，這是什麼問題呀？」我笑著說。

「人真的很傷心時，是該哭的。」小晴神情認真的說。

「……」

「我好想再見到初相遇時，那個有著開朗笑容的聿丞學長。」小晴說完，靜靜地望著我，眼波流轉著，似乎還有著無法訴說的話語。

初相遇時，指的是大學時通識教室那次，還是來應徵那次呢？當時的我，在小晴眼裡，是什麼樣的？

「我想，芷榆學姊是不會回來了，但希望聿丞學長，他能再回來。」小晴說。

「小晴，妳在說什麼呢？我不就在這裡嗎？」我奇怪的問。

「人回來了，但心卻不曉得遺留在哪兒了。」小晴說。

「……」

「對不起，聿丞學長，我也不知道自己怎麼了，盡說些多餘的話，你就當我什麼都沒說過吧！那麼，今天我就工作到這兒，我先回去了……」小晴低著頭說完，轉過身去。

「嗯。」我點點頭，小晴為什麼突然對我說這些呢？是想安慰我嗎？還有，她眼裡流轉著，那些無法訴說的話語是什麼呢？

「聿丞學長，再見。」小晴揮著手跟我說再見。

「嗯，再見。」我也揮了揮手。

小晴離開後，下一個交班的工讀生剛好來了，這時剛剛腳受傷的

男孩，好像在店裡遇上了認識的女孩，女孩還幫他買便當，我記得她是附近高中排球校隊的女孩。

「咦？這是什麼？」進到裡頭，發現有本筆記本擱在打卡鐘附近。

我將筆記本拿了起來，上頭寫著「李思晴」。

小晴的筆記本嗎？望著手上的筆記本，心裡升起種熟悉感，像在哪見過似的，接著，兩年多前的記憶突然湧現了出來。

「難道，妳是在找這個嗎？」我闔上書，從包包裡拿出剛剛撿到的筆記本。

「啊！是呀，我在找這個沒錯。」她喜出望外的說，真是乾淨無瑕的笑容。

這的確是兩年多前，我和小晴在通識教室相遇時，我撿到的那本筆記本，原來，小晴一直留著嗎？

那代表，小晴還記得那天的事？

我翻開筆記本，看著小晴的娟秀字跡，心裡升起種溫暖的熟悉感，當時撿到筆記本的自己，想像著能寫出這麼漂亮字跡的「李思晴」同學，會是什麼樣子的？會是反差很大？還是人如其字？

結果卻出乎我預料，筆記本的主人比她的字跡更加美麗。

「可以的話，能留一下妳的聯絡方式嗎？」這是我那天想說，卻沒對小晴說出的話。

因為，我當時身邊有著芷榆，心裡也只有芷榆。

原本，想把和小晴在通識教室的相遇，當成一段美麗的邂逅，沒想到後來，我會與小晴再次相遇。當時，我還為了小晴淡忘了通識教室的邂逅，而感到有些遺憾。

但現在看來，小晴或許還記得？但若小晴記得，為何從沒對我說

呢？想到這兒，我笑了起來，因為我不是一樣沒對小晴提起嗎？

而且，小晴或許只是恰好留著這筆記本而已。

我把筆記本收了起來，從員工休息室走出，準備明天再把筆記本還給小晴。

這時，有個身材高大、穿著整齊西裝的男性上班族，拿著兩個便當到櫃檯前結帳，他是店裡的常客，感覺好像是理財專員之類的，常跟一個可愛俏麗的女同事在店裡討論事情或用餐。

「需要加熱嗎？」我問。

「好的，謝謝。」他回答。

「工作忙到沒吃午餐？」我問。

「是呀，工作性質的關係，經常會過餐。」他無奈的笑了笑。

「您的工作是？」我好奇的問。

「名稱是理財專員，但主要負責保險業務，因為要配合客戶的時間，常會忙到過餐，那時就會到這裡來報到。」他回答。

「呵，是嗎？真辛苦呢！那業績應該還不錯吧？」

「呃，之前是還可以啦，但最近有些狀況……」他面有難色的說，然後望向他可愛的女同事，無奈的笑了笑。

「那位小姐是你同事嗎？」

「嗯。」他點點頭。

「這樣呀……」

「怎麼了？」他好奇的問。

「呵，沒什麼，那位小姐給人的感覺比起理財專員，更像是某某公司的千金小姐。」我說，因為她身上光是prada的包包和鞋就要價十幾萬，更別提她手上的戒指和脖子上的項鍊了。

「咦？看得出來呀？」他驚訝的問，然後又轉頭看了女同事一眼。

我和男人聊完，他給了我一張名片，說我若有保險需求，他可以替我規劃一下，他給人的感覺誠實、穩重、專業，應該是可以信任的人。

男人的名片上印著他的名字，林秋廷。

隔天，本該是小晴的打工時段，但小晴卻沒有出現，取而代之的是阿添。

「小晴昨天打電話給我，說讓我今天幫她代班一下。」阿添是這麼說的。

「這樣呀，她有說是什麼原因嗎？」我問。

「沒有。」阿添回答。

「嗯，我知道了，那你去忙吧。」我說。

之前，小晴也有過臨時有事請人代班的例子，不過她都會先打電話給我，這回怎麼沒有？雖然感到有些不對勁，不過，我要自己別太多心，或許這回，她只是忘了打而已。

又過了一天，小晴依然沒來上班，又找了另一個工讀生替她代班。

「小晴有告訴妳，為什麼沒辦法來嗎？是身體不舒服？」我問，感到有些擔心。

「沒呢，她只說有點事情，但聲音有氣無力的，或許真的生病了吧。」代班的工讀生回答。

擔心小晴的我，打了電話給她，但打了幾次，都沒有人接，我只得作罷，繼續在店裡等著小晴出現。

我收著小晴的筆記本，等了一天又一天，一個禮拜過去了，但小晴卻始終沒有出現。

「店長，小晴是不是不做了呀？」阿添這樣問我。

「因為聯絡不到她，所以，我也不清楚。」我回答。

「聯絡不到她？小晴不是你大學時的學妹嗎？我還以為你們很熟呢！」阿添有些驚訝的問。

「雖然小晴是我大學時的學妹，但我們大學時只見過一次，所以不熟的。」我回答。

「是這樣呀，但看你們平常相處的模樣，就像認識了很久一樣，而且還一起去看電影……不過若小晴真的不做了，店長你得快聘個工讀生，否則最近店裡的生意愈來愈好，光靠我們幾個應付不來的。」

「嗯，在確定小晴的意願之前，我們就再等等看吧。」我回答。

「也好，因為我還挺喜歡跟小晴一起值班的。」

「喔，為什麼？」我問。

「這還用問嗎？因為小晴是正妹呀！所謂正妹人人誇嘛！」阿添說完，開始替客人結帳。

是呀，小晴的確很可愛，或許她是最近店裡生意愈來愈好的原因之一。

但阿添的話，讓我突然意識到，我對小晴的了解真的很少，像現在，聯絡不到小晴的我，連小晴發生了什麼事都不知道，想找她，也不知道從何找起，更不曉得小晴有那些朋友。

這樣的我，卻一直和小晴套交情，讓她叫自己學長，想到這裡，突然覺得這樣做的自己，真的挺蠢的。

一點也不關心她，卻任性的要她陪自己逛街、看電影，最後又把她拋下……回想起小晴最後一天上班的異樣，她生氣了嗎？所以，不想再見到我了？

我翻著小晴留下的筆記本，等著她回來，然而，小晴的身影，果真不再出現了。

阿謙

最近，我的成績退步了，爸媽和學校老師都很關心我的狀況。

但我常搞不清楚，他們關心的到底是「我」，還是「我的成績」，不過既然成績是我考出來的，所以，應該是我吧？

成績退步了，我不是毫不在意，只是有件更令我掛心的事情，所以，我只得暫時將成績的事情擱在一旁，專心想著要怎麼解決眼前的難題。

發覺自己喜歡上小雁，是高一時的事情了。

那天放學後，我照例去體育館等小雁一起回家，但一到體育館卻得知小雁受傷的消息。

「小雁扣殺落地時，不小心踩到隊友的腳，扭傷了腳踝。」教練說。

聽完，我連忙跑去找小雁，只見到她癱坐在地上，連站都站不起來，腳踝腫得跟拳頭一樣大，見到我來，還苦笑的對我說：「阿謙，你來了呀……」

小雁強忍痛楚的神情，讓我感到非常心疼，那已經不是小雁第一次受傷了。

「很痛嗎？」我關心的問。

「冰敷後，比較不痛了。」小雁回答，但完全不是不痛的表情。

「……」我望著小雁，感到萬分憐惜，突然好想將她擁進懷裡。

「嗯？怎麼了？」小雁困惑的問。

「小雁，能別再練球了嗎？」

「啊！？怎麼突然這樣問？」小雁更困惑了。

「我再也不想見到妳因為練球，受傷、痛苦的模樣了……」我不捨的說。

小雁望了我一會兒，揉了揉腳踝後，對我說：「阿謙你會唸書，

但我不同，我會打排球，也喜歡排球，因為排球，我才能進我們高中，若我不練球了，或許我就沒辦法再跟阿謙一起待在這兒了……」

繼續練球，小雁未來還會因練球而受傷，那讓我感到心疼，我不想那樣。

別再練球，小雁或許就得離開我們高中，那更不行。

我希望小雁能健康快樂，每天都能開心的微笑，更希望她能一直待在我身邊，這是為什麼呢？

在那瞬間，我突然明白了。

「阿謙，我不要緊的，以後我會小心一點……」小雁還沒說完，我情不自禁的抱住了她。

因為，我喜歡上小雁了。

「阿謙！我身上都是汗……你……」耳邊傳來小雁慌張的聲音。

「沒關係，就讓我這樣……一會兒就好……」我說。

「嗯……」小雁輕聲應了應。

之後，就像那個擁抱從沒發生過一樣，我和小雁，又回到朋友的角色裡。

接下來的兩年，我默默喜歡著小雁，等待著對她傳達心意的契機，好不容易總算鼓起勇氣，想藉著白色情人節送她巧克力，對她表明心意，卻弄巧成拙，惹得小雁生氣，自己又在回家路上恍神而出了車禍。

當我聽見小雁對我說，永遠都不想見到我時，我感覺世界一下子崩潰了，關於成績呀、學業呀、未來的夢想什麼的，全都不再重要了。

現在，雖然小雁已經不生氣了，我一樣會在放學後等小雁練完球一起回家，但我們相處起來，卻變得不自然，彼此像是都在迴避什麼似的，我不喜歡那種感覺。

「怎麼辦呢？」我自言自語的說。

「什麼怎麼辦？」背後突然傳來個熟悉的聲音。

「啊！？沒什麼，只是自言自語而已。」我說完，看了看手機的時間，轉移話題的說：「今天練得比較晚呢！」

「因為下禮拜要比賽了，所以，多了些針對對手的模擬練習。」小雁回答，剛練完球的她，身上沒有汗味，卻飄著一股香氣。

「這樣呀……不過，小雁，妳今天比較晚，除了多做了些練習，還有別的嗎？」我好奇的問。

「呃，我還沖了個澡……」小雁說完，有些不好意思地望著我。

「呵，難怪身上這麼香了。」我笑著說，大喇喇的小雁，平常練完球都直接回家，不像有些隊員會先沖完澡再走。

「齁～意思是平時我身上很臭了？」小雁沒好氣的說。

「呵，沒的事，平時的小雁，身上雖然不香，但卻是另一種好聞的味道。」我說，兩年前，我將小雁擁進懷裡時，小雁身上的味道，仍深深的刻畫在我的記憶裡。

「真的嗎？」小雁半信半疑的說。

「嗯，真的。」我點頭的說。

「……阿謙，你都是用這招哄女孩的吧？告訴你，這招對我沒用喔！」小雁雙手叉腰的說。

「啊！？原來沒用呀？」我假裝驚訝的說。

小雁聽完有些生氣地敲了敲我的頭後，神情緩和了許多，對我說：「我只是想，每次讓你陪我回家，都得讓你聞我剛練完球的汗臭味，覺得有些不好意思而已，你可別想太多了。」

「嗯，我知道了。」我微笑的說，小雁的意思是，她是因為我才沖澡的？

「阿謙，你要回家吃晚餐嗎？」小雁突然的問。

「嗯，突然這樣問？難道小雁不回家吃晚餐？」我反問。

「今天是我爸媽的結婚紀念日，一早他們就告訴我晚上要去吃好料的，讓我晚餐自己解決，真是對傷腦筋的父母……」小雁有些無奈的說。

「呵，很有伯父、伯母的風格呢！」我笑著說完，接著說：「我不回家吃也不要緊的，打個電話就好了。那，小雁有什麼想吃的？」

這是跟小雁一起共進晚餐的好機會，怎麼能夠放過！

「我也不知道，不過，我今天倒滿想去逛夜市的，很久沒去了。」小雁說。

「夜市呀，以前我們還滿常一起去的，後來妳忙著練球，我忙著念書、補習……不然，就到夜市解決晚餐，然後再順便逛逛夜市好了。」我說。

「不過，逛夜市的話要一直走，阿謙你腳傷才剛好，沒關係嗎？」小雁關心的問。

「OK啦！已經完全好了。」我回答。

商量好後，我先送小雁回去，然後回家換上便服，約好在附近的7-11碰面，再一起騎腳踏車去夜市。

夜市雖然熱鬧有趣，但缺乏情調，大概不會是個傳達心意的好地點，想對小雁表白，就再等等看吧！

我想，當時機到來時，我一定能明白的。

因為太想快些見到小雁，所以，我早到了。

早到的我無事可做，便買了瓶飲料，在店外的座位坐了下來，想起一個多月前，在這裡送巧克力給小雁，被她拒絕的事。

「謙哥哥，你真是傻了，哪有人要送女孩子巧克力，還要那女孩

陪自己去買的？難怪小雁姐姐要生氣，要是我，可能會直接把巧克力砸到你臉上喔！」小遙這樣告訴我。

「啊！？所以，小雁是因為這樣才生氣的？」我問。

「應該吧，不過小雁姐姐愈是生氣，代表愈在乎你，謙哥哥，依我看來，你很有機會喔！」小遙說。

「真的嗎？」我問，心裡很是高興。

「只要你跟小雁姐姐告白，不就知道真的假的了？」小遙回答。

「告白有那麼容易就好了……」我苦笑的說。

小遙說的簡單，要是跟小雁告白那麼容易，我就不會默默的喜歡小雁兩年了。

愈是喜歡，愈是靠近，考慮的便愈多，所以，愈說不出口。

飲料喝完了，但約定的時間還沒到，我起身想再去買一瓶，不小心撞上了個女孩。

「啊！對不起！」我馬上道歉的說。

「沒關係……」女孩心不在焉地的說，感覺心事重重。

女孩很眼熟，像在哪見過……

「啊，妳好像是這家7-11的店員？」我突然想了起來。

「之前是，現在不是了……」女孩喃喃的說。

「啊！？說起來，最近來好像都沒見到妳……」我很多男同學喜歡到這家7-11的原因，是因為她，他們多方打聽下，知道她的名字叫「思晴」，就讀附近的大學。

「因為我離職了。」女孩回答。

「這樣呀……」突然覺得自己好像不應該跟陌生女孩說這麼多，這算搭訕嗎？

「不問我為什麼離職嗎？」她突然的問。

「啊！？這是妳的私事，我似乎不該過問。」我回答。

「呵，說的也是，只是覺得對你有種親切感……對了！上回你送巧克力那女孩呢？你們和好了嗎？」她突然的問，接著解釋她值班時，恰好見到我送巧克力給小雁那一幕。

「嗯，算和好了。」我微笑回答。

「是嗎？真好……我和他還能和好嗎？」說完，她意味深長地往店裡望了望。

「那今天……回來找同事嗎？」我問。

「嗯，不過想找的人不在，不知道他過得好不好。」她回答。

「是嗎？那真是可惜了。」我替她感到遺憾的說，也好奇她想找的是誰。

「我呀，會祝福你和那女孩的喔！」她突然的說。

「喔？謝謝妳。」我道謝的說。

「因為，總該有人有美好結局的。」最後，她是這樣說的。

女孩剛離開沒多久，小雁便翩然到來。

「對不起，我晚了！」小雁連忙道歉的說，今晚的她，似乎特意打扮過了，感覺比平常更加可愛，簡直到了耀眼的地步。

「不，是我早到了。」我微笑的說，若小雁是為了打扮自己，才耽誤了時間，那我會感到很開心，因為之前，小雁從沒有為了跟我出來而特意打扮過。

「你覺得怎麼樣？」小雁有些難為情的問。

「什麼怎麼樣？」我一時沒意會過來。

「這樣穿OK嗎？會不會很怪？」小雁再問。

「呵，小雁無論何時都是很可愛的呀，不過，今天晚上好像更耀眼了。」我稱讚的說，小雁穿著合身的白色雪紡上衣，搭配牛仔小外

套，襯托出纖細的身形，下半身穿著時尚的牛仔短褲，露出修長勻稱的白皙雙腿，到了夜市，一定會成為眾人的焦點。

小雁聽完開心的笑了，臉紅了一會兒後，像是突然想到什麼似的對我說：「就跟你說，你那些哄女孩的招數對我沒用，還不死心呀？」

「呵，我只是實話實說嘛！」

聽完，小雁的臉變得更紅了。

只是跟心愛的女孩一起騎腳踏車到夜市而已，就讓我感到非常幸福，我開始擔心，自己這麼幸福沒關係嗎？能一直持續下去嗎？會不會哪一天就突然消失呢？

不會的，只要小雁在我身邊，這種幸福就不會消失。

小雁似乎沒特別想吃的東西，或者該說，小雁什麼都想吃，我陪著小雁一邊逛、一邊吃，買了地瓜球、杏鮑菇、章魚燒、碳烤雞排、烤魷魚和臭豆腐，而且小雁吃的分量比我還多。

「練完球，肚子總是特別餓呢！」小雁像是突然意識到什麼似的對我說，欲蓋彌彰的解釋讓我覺得很可愛。

「是呀，我運動完也會吃比較多。」我附和的說。

「嗯，男生好像不喜歡很會吃的女生，是嗎？」小雁又問。

「其他男生我不清楚，不過我不介意的，肚子餓就吃多一點，這很正常。」

「呵，是嗎？所以，我可以再吃囉？」小雁笑著說。

「OK的。」

「你不擔心，我這樣吃會胖死嗎？」小雁又問。

「從國小認識到現在，還沒見過妳胖的樣子，我想，小雁應該是屬於吃不胖的類型吧？加上每天練球，運動量那麼大，安啦！」我回答。

「唉，其實人家是胖在你看不到的地方……」小雁嘆氣的說。

「喔？是哪兒？」我好奇的打量著小雁，卻完全看不出來。

「沒禮貌，別這樣看人家啦！」小雁用手遮住我的眼睛說。

我輕握小雁的手，從我眼前移開，然後笑著說：「小雁，妳一點也不胖，所以，可以放心地吃。而且就算真的胖了，也沒關係的。」

「哪沒關係了，胖女生都沒人喜歡，而我又常練球練到滿身臭汗，更沒人喜歡了。」

「哪沒人喜歡了，我就喜歡……」話一出口，才驚覺我好像失言了。

「……」小雁驚訝的望著我，然後低下頭去。

才說夜市不是個適合表達心意的地點，但我卻不小心把自己喜歡的心意說出口，這下子該怎麼辦？

雖然周圍很吵雜，但我和小雁間一下子陷入了令人尷尬的沉默。

「那個……手……」小雁先打破沉默的說。

「喔！」我意識到自己還握著小雁的手，連忙把手放開。

「啊！突然有點渴，那邊有賣西瓜汁呢！」小雁說。

「我也是，不然去買來喝吧！」我回答。

後來，我和小雁又逛了一陣子，但她沒再買任何東西，雖然依然並肩走著，但直到離開為止，小雁的眼神始終沒再與我交會

難道，我又搞砸了？這下子該怎麼辦才好？

回到家後，爸媽把我喚了過去，說有事情跟我說。

「阿謙，你爸可能要升職了。」媽媽對我說，但臉上並沒有高興的神情。

「喔？那很好呀。」我說。

「但要升任的是總公司的經理職位，阿謙，你知道這意味著什

麼？」爸爸問我。

「總公司的經理⋯⋯表示，我們得搬家嗎？」我問。

「嗯。」爸爸點了點頭。

「考慮到你高中快畢業，也快大考了，你爸本想等你畢業再去，但公司似乎不想再等了，若你爸再不去，他們就要改派別人了，所以⋯⋯」媽媽說。

當人們警覺到自己太過幸福時，通常也就是即將失去的時候。

只是我沒想到，會是以這樣的方式失去。

依依

　　到目前為止，不管我想要什麼，只要告訴爸比，幾乎都能如願，因此，我一直過著隨心所欲、無憂無慮的生活，但最近，我有了煩惱。

　　「在公司工作的感覺如何？」爸比這樣問我。

　　「一開始很辛苦，不過在前輩的教導下，漸漸掌握了要領，現在可是分行銷售業績前幾名呢！」我自豪的說。

　　「不愧是我的女兒！不過，依依呀，我看妳的公司體驗也差不多了，可以準備遞辭呈了。」

　　「啊？要離開了呀？」我有些驚訝的問。

　　「當然囉，讓妳去基層，是為了體驗員工的辛勞與工作型態，才不會未來接任管理階層時，顯得驕傲自大、自以為是，而且推銷這工作，是拿自己熱臉去貼人家冷屁股，一定很辛苦。」爸比回答。

　　「但我還沒體驗夠呀。」

　　「喔？那還要多久？」

　　「嗯，時候到了，我會跟爸比說的。」我回答。

　　爸比說的沒錯，在推銷保單時，偶爾會遇上非常沒禮貌的人，或一看就知道只想藉機認識我的男生，當下會感到很不愉快，不過，每次秋廷前輩都會察覺，然後逗得我破涕為笑。

　　這麼好的男生，為什麼沒女生欣賞呢？真不曉得她們眼睛都長哪去了？難道有慧眼的女生，只有我一個嗎？

　　若離職了，就再也沒機會見到秋廷前輩了吧？

　　不過，秋廷前輩最近保單都賣不出去，在男客戶前能侃侃而談，換成女性就變得畏畏縮縮的，為了治好他的恐女症，我提議讓他跟我一對一約會來矯治，這建議，不僅是他，連我自己都嚇了一跳。

　　難道，是我自己想跟秋廷前輩約會嗎？

　　第一次約會，我和秋廷前輩去了一直想去的夜市，後來又約會了

好幾次，秋廷前輩表現愈來愈好，我變得愈來愈沒有東西可以教他，我開始擔心，以後，我要找什麼理由跟秋廷前輩約會呢？

跟秋廷前輩約會，比跟任何集團的公子哥約會都要開心，萬一秋廷前輩真的賣出女性客戶的保單，那以後就不能和他一起玩了嗎？但秋廷前輩已經被主管請去喝了兩次咖啡，一定要趕快多推銷點保單才行。

這問題，真的很讓人糾結呀。

今天到分行時，秋廷前輩已經打卡了，但卻沒見到他的人，該不會又被請去喝咖啡了吧？因為，他這個月好像只賣了一張保單……

不過，我沒在主管的辦公室見著他，卻在休息廳看見他正在泡咖啡，而且是兩杯，難道另一杯是給我的嗎？

想到這兒，我心裡暗自竊喜，正想朝他走去時，秋廷前輩卻端起泡好的咖啡，微笑的遞給了他身旁的女孩，啊！原來在我視野外的休息廳角落，有著另一個女孩。

我記得女孩叫做樂兒，是銀行的櫃檯小姐，因為外型甜美，所以，在分行裡很受歡迎。

原來除了我，秋廷前輩還會替其他女生泡咖啡，也會對其他女孩微笑呀。我躲在一旁觀察了一會兒，發現秋廷前輩好像跟樂兒聊得很開心，就跟和我在一起時一樣……

什麼嘛！秋廷前輩不是有恐女症嗎？不是除了我之外的女生，秋廷前輩都會害羞得不知如何是好嗎？現在這樣算什麼呀！？跟我約會時又算什麼？

我突然感覺氣得要命，有種被秋廷前輩欺騙了的感覺。

「啊，依依，妳在這兒呀，一起走吧！要開晨會了。」秋廷前輩和樂兒並肩走來時，見到我後，這樣對我說。

「秋廷前輩和樂兒前輩先『一～起～』去吧！」我說，還特別在

一起這兩個字加強語調。

「啊！？」秋廷前輩一副不明所以的模樣，更讓我有氣。

「呵，開會前我還要去處理點事，先離開囉。」樂兒說完便逕自離開了。

之後，我看也不看秋廷前輩，便逕自走向會議室，他亦步亦趨的跟在我身後，一副可憐兮兮的模樣。

「希望這個月業績還沒達到要求的同仁，能繼續加油，還有，沒達到業績的同仁，暫時不准假。」晨會時，分行經理這麼說著。

一旁的秋廷前輩聽完，無奈地嘆了嘆。

「等會兒要去拜訪的地點不遠，要開車還是坐我的機車去？」晨會後，秋廷前輩跑來問我。

「才不想坐你的機車呢！」不高興的我，忍不住地脫口而出。

「呃……是嗎？」秋廷前輩聽完，整個人像個洩了氣的皮球，沒再說什麼。

雖然秋廷前輩的模樣，讓人感覺很可憐，但誰叫你要腳踏兩條船呀！哼！還說有什麼恐女症！

啊！？我怎麼會覺得他腳踏兩條船！？這不表示，我覺得我和秋廷前輩……

整個早上，我們去拜訪客戶時，我都沒主動跟秋廷前輩說話，我也不知道自己為什麼會突然這麼生氣，想必秋廷前輩更不明白。

因為拜訪客戶，過了午餐時間，照例到了附近的7-11。

「今天想吃什麼？我去買。」秋廷前輩這樣對我說。

「我自己去買就好，不用麻煩秋廷前輩了。」我冷冷地說。

「喔……」秋廷前輩面有難色的應了應。

秋廷前輩一副可憐兮兮的樣子，讓我有點於心不忍，但一想到他

今天早上跟樂兒有說有笑的樣子，就不想給他好臉色看。

咦？為什麼我會這麼在意？難道，我在吃醋嗎？吃樂兒的醋？

「依依，妳……不開心嗎？」秋廷前輩小心翼翼的問。

「沒有呀，我幹麼不開心。」我否認的說。

「是嗎？但從晨會開始，妳好像一直很不開心，跟妳說話也不太回答，剛剛拜訪客戶時也扳著一張臉，跟平常臉上總掛著微笑的妳很不一樣……」

「……」我沉默著，沒有說話。

「那個……我在想，是我做了什麼，惹妳生氣了嗎？因為，我實在是不擅長跟女性相處……」秋廷前輩說完，無奈的搔了搔頭。

對啦！就是你啦！說什麼不擅長跟女生相處！？卻貼心的幫樂兒煮咖啡，還跟她有說有笑，把我晾在一旁！

「呵，我為什麼要因為秋廷前輩生氣呢？秋廷前輩對我又沒那麼重要，不是嗎？」但我說出口的卻是這樣。

「說的也是……」秋廷前輩臉上閃過失望的神情。

嘻，從秋庭前輩的反應看來，他果然是很在意我的，既然如此，就不應該打著恐女症的旗號，跟其他女生太過要好呀！

跟你要好的女生，我一個就夠了，秋廷前輩，你明白嗎？

不管秋廷前輩是否明白，但在這一刻，我卻突然明白了。

我，喜歡上秋廷前輩了。

刻意冷落秋廷前輩幾天後，因為覺得他實在太可憐了，才決定放他一馬。不過最重要的是，後來這幾天，秋廷前輩煮咖啡時會先倒給我，我和樂兒一起時，也會先跟我打招呼，讓我感到很開心。

即使如此，樂兒依然一副氣定神閒、好整以暇的模樣，讓把她視為假想敵的我，顯得很蠢，或許樂兒對秋廷前輩根本沒任何想法，是我

想太多了。撇開秋廷前輩這因素，其實樂兒是個很好的女生，可愛、有氣質、對人又親切，若以別的形式認識她，或許能成為好朋友。

在電話拜訪客戶時，我的手機響了，是爹地打來的。

「依依，晚上六點的宴會，要記得穿正式一點的禮服來，想介紹個男生給妳認識。」爹地這樣說著。

「一定要去嗎？」我不情願地問。

「當然，已經跟人家說好了。」

「但我今天要去拜訪客戶，會比較晚耶！可能來不及喔！」我推託的說，宴會裡的男生，不是企業的少東，就是大公司的公子哥，那種華而不實的氣質，我一點也不喜歡。

「別找理由了，誰讓妳到處跟人說妳有男朋友，讓男生都不敢追妳，不然，我哪需要這樣？」爹地有些無奈的說。

「呵，人家說的沒錯呀，女兒可是你上輩子的情人嘛！難道你嫌棄你可愛的女兒？嗚……我好可憐……」我撒嬌的說。

「就會撒嬌，真拿妳沒辦法……總之，晚上要記得來。」

又跟爹地聊了一會兒後，才掛上電話。接著，我突然想到，我好像也跟秋廷前輩說過自己有男朋友，秋廷前輩會不會因為這樣，所以才沒有行動呢？

秋廷前輩有沒有女朋友呢？不善與女生相處的他，應該沒有吧？但他似乎跟樂兒很要好，感覺上好像不只同事那麼單純……

電訪結束後，我和秋廷前輩準備到一間國中拜訪，但今天卻多了個不速之客。

「秋廷、依依，樂兒有意轉任理專，你們今天帶她去現場觀摩一下。」經理對我們這樣說。

「我知道了。」秋廷前輩回答，我則微笑點頭。

「呵，麻煩你們了。」樂兒微笑的對我們說。

開車出發時，樂兒主動坐到後座去，我便坐在前座，秋廷前輩的身旁。

「樂兒，妳櫃台不是做得好好的嗎？」秋廷前輩邊開車邊問。

「嗯，大概是做久了有些倦怠了吧？」樂兒回答。

「那怎麼會來找我觀摩呢？我現在可是分行業績吊車尾的……」秋廷前輩自嘲的說。

「臭美，誰說來找你了，我是來找依依的，人家可是現在遠近馳名的正妹理專、銷售女王呢！」樂兒微笑的說。

「沒有啦！都是秋廷前輩教得好。」我不好意思的說。

「你看，你的徒弟多謙虛呀，學著點。」樂兒說。

一路上聊著倒也挺愉快，樂兒是個讓人感覺很舒服的女孩，即使她可能是我的情敵，但要討厭她，實在有點困難。

到了學校，我們到每間辦公室拜訪老師，秋廷前輩告訴樂兒，求穩定的老師們，通常比較喜歡有固定收入且風險低、少賺但不會虧本的的產品，而且通常三十多歲到四十多歲的老師買保單、做投資的意願較高，因為他們除了自己，也會替小孩做規劃。

「嗯，分析的很透徹嘛！這樣的你，保單為什麼會賣不出去？」樂兒說完，饒是興味的望了我一眼。

「這個嘛……」秋廷前輩露出無奈的神情。

「秋廷前輩只要克服不善跟女生相處的毛病，很快就會跟以前一樣的。」我說。

「呵，要怎麼克服？從大學認識到現在，他一直是這樣，在男生面前侃侃而談，在女生面前就支支吾吾，不曉得在害羞什麼。」樂兒笑著說。

「喔？原來妳和秋廷前輩大學時就認識了？」我問，他們果然不只是同事而已。

「嗯，樂兒是我大學的社團學妹。」秋廷前輩回答。

「大學時代的秋廷前輩也像現在這樣呀？」我好奇的問。

「呵，現在已經比那時好多了呢！那時只要有女生主動跟他說話，他就會臉紅，那樣子真有趣。還有，其實他在社團裡還挺受女生歡迎，只是他太害羞，總是閃得遠遠的，才交不到女朋友的，還有一次，有個學妹跟他告白，不知所措的他，還來問我該怎麼辦呢！」樂兒開始說起秋廷前輩的往事。

「呵，是這樣呀。」我笑著說，心裡很羨慕樂兒，因為她認識大學時的秋廷前輩，與他擁有共同的年少記憶，但我卻沒有。

「樂兒，求妳別再說了。」秋廷前輩苦著臉央求的說。

拜訪結束後，因為我和樂兒都不太餓，所以我們到常去的7-11稍事休息。秋廷前輩替我和樂兒買了杯咖啡，自己則買了個便當來吃。

「樂兒，妳要再回分行嗎？」秋廷前輩問。

「要呀，不然我的車怎麼辦？你要幫我開回家嗎？」樂兒開玩笑的說。

「我會直接開回我家。」秋廷前輩反開玩笑的說。

「想得美！」樂兒笑著說。

秋廷前輩能跟樂兒自然的開玩笑，但對我卻不會……是因為，我不曾參與秋廷前輩的過去嗎？

「依依，怎麼了嗎？在發呆呢。」樂兒問，臉上有著關心的神情。

「沒什麼，想到晚上有點事。」我說。

「那我們還是早點回分行好了。」秋廷前輩提議的說。

要離開時，7-11的帥哥店長從店裡走了出來，看起來有些失神的他，從懷裡掉出本筆記本，我順手撿了起來，見到上頭像是女生的字跡。

　　「謝謝。」他道謝的說。

　　「好像是女生的筆記本？」我好奇的問。

　　「嗯，是呀，之前在這兒工作的女孩留下來的。」他回答。

　　「喔，長得很可愛，有梨渦的那個？」我問。

　　「是呀。」他笑著回答。

　　「最近都沒見到她呢。」

　　「是呀，我正在等她回來。」說完，他笑了笑。

　　帥哥店長的側臉有著淡淡憂傷，我猜想，那有著酒窩的女孩是不是離開他了，所以，他才得等她回來？

　　希望，她會回來。

　　回程時，秋廷前輩和樂兒聊開了，盡說些往事，無法加入話題的我，只能微笑點頭，但這回我卻不生氣，只感到有些難過。

　　樂兒和秋廷前輩一直活在同一個世界，以後，或許也會一樣，而我，若不是這回的基層體驗，或許一輩子都不可能認識秋廷前輩。

　　我和秋廷前輩，是兩個世界的人。

　　或許，我根本不該試圖闖入秋廷前輩的世界吧？

　　於是，我望著有說有笑的秋廷前輩和樂兒，苦笑了笑，默默轉身離開。

　　我想，也該回我的世界去了。

　　晚上的宴會，要穿哪件禮服比較好呢？

子軒

　　「也差不多是時候了吧？」前幾天，號稱人社院美男子的小白，突然這樣問我。

　　「啊？什麼意思？」我反問。

　　「表白呀！不是喜歡小芙嗎？」小白回答。

　　「是呀。」我點頭。

　　「那就找機會讓她明白你的心意吧，表白這回事，大多還是得由男人來執行的。」

　　我和小芙現在幾乎每個禮拜都會見面，每當見到她可愛的側臉、美麗的微笑時，幸福感便油然而生，原來喜歡上一個人，是這麼美好的事。

　　若表白成功，這樣的幸福大概就能一直持續下去……

　　但若失敗了呢？我和小芙，會不會連朋友都不是了？

　　小芙還會答應我的邀約嗎？會不會再也見不到小芙了？

　　只要想到這些，我就變得膽小懦弱、不敢冒險，因為我太喜歡小芙了，所以，也太擔心失去她。

　　「我有兩個問題。」小白聽完我的心聲後，表情沉靜的說，頓了頓後，接著問：「第一，你覺得這種幸福能維持多久？若小芙如同你描述的那麼完美，追她的人一定很多，而你卻遲遲不肯表明心意，這樣一來，就算小芙對你有好感，也遲早會被追走，你沒想過嗎？」

　　「這個……」人們，通常習慣抓住眼前的幸福，對於未來並不會想得太多。

　　「第二，只是一起看電影、吃飯、喝咖啡，就算擁有她了嗎？若你不曾擁有，那又怎麼會失去？還是你想一輩子默默的守候著她？」小白再問。

　　「我……只是想跟她在一起……」我回答。

「所謂的表白，就是讓她明白你的想法，所以，你就這樣告訴她吧。」小白說，這樣看來，小白還真是這方面的絕世高手。

　　於是，接下來的課題，變成「我該如何表白？」

　　小白告訴我，善選表白地點與時機，可以大大提高表白的成功率。

　　「兩人初相遇的地方、浪漫的海邊或餐廳、摩天輪、對兩人有特殊意義的地方，一般來說，這些是最佳的表白地點。至於時機，這個就只能意會，不能言傳，譬如，你不會選在她心情很糟，或周圍氣氛很差時表白，我相信以你的資質，只要時機到了，你應該能察覺的。」小白給了我寶貴的建議。

　　因為認識了小芙，原本黯淡的研究生生涯，頓時變成彩色人生，連熬夜趕論文時，想到小芙，都會忍不住笑出來。

　　看來，我比我想像的還喜歡小芙。

　　今天，我和小芙又來到了我們初相遇的地方。

　　「喏，給妳的。」我把咖啡遞給小芙。

　　「呵，謝謝。」小芙微笑道謝，因為樣子實在太可愛，我不禁心神一蕩，呆了呆。

　　「……不客氣。」回過神後，我在小芙身旁坐了下來。

　　小芙喝了口咖啡後，把杯子高舉的說：「說起來，我們是因為它才認識的呢。」

　　「嗯，是呀。」我附和的說。

　　「所以，每回和你在這裡一起喝咖啡時，總有種奇妙的感覺。」小芙說。

　　「奇妙的感覺？」我好奇的問。

　　「我說過，其實我並沒有很喜歡喝咖啡吧？」小芙反問。

「嗯。」我頓了頓後，接著說：「其實我也是，以前比起City Cafe，我更喜歡自己煮咖啡來喝。」

「你也是嗎？」小芙好奇的望著我，漆黑的大眼睛眨呀眨的。

「是呀。」我點了點頭，接著說：「但現在不一樣了，以前自己在研究室煮咖啡，只有我一個人，咖啡雖然香醇，卻有些苦澀，而來這兒喝City Cafe時，有小芙陪著……」

「……」小芙聽完，神情害羞的望著我。

「所以，與其說我喜歡咖啡，不如說，我喜歡和小芙一起喝咖啡的美好時光吧。」我自然地說，這樣算表白嗎？

小芙望著我，然後開心的笑了。

「怎了？」我問。

「很開心呀，因為我也是，我也喜歡我們在這裡的咖啡時光。」小芙笑著說。

小芙，這算是對我表白的回應嗎？

不，連一句「我喜歡妳」都沒能說出口，怎麼能算是表白？沒有表白，小芙又怎麼能夠回應？

這時，7-11的店長從我們身旁經過，眼神交會時，給了我一個會心的微笑，彷彿在為我加油似的，但微笑後，他的側臉卻有種難以言喻的憂傷。

「好憂傷的神情呀……」小芙望著店長的背影，喃喃的說。

「嗯。」我點點頭。

「不過，店長為什麼對你笑？你們認識嗎？」小芙好奇的問。

「嗯，上回聊過一次……」接著，我把上回跟店長聊的內容簡略的告訴了小芙，當然，略去了我喜歡小芙的部分。

「呵，突然覺得好害羞喔！」小芙聽完有些臉紅的說。

「該難為情的是我吧？因為在店裡奔跑的是我，搭訕的也是我呀。」我說。

「但店長可能會以為我是隨便就能搭訕的女孩呀，要知道，除了子軒之外，我之前從來沒給過搭訕我的男生電話呢！」小芙鄭重地說。

「其實我也是，小芙是我這輩子第一次搭訕的女孩……」說完，我看了小芙一眼，發覺小芙也正看著我，眼神交會後，兩人都很快的別過臉去。

好一會兒，我和小芙都只是默默喝著咖啡。

「表白這回事，大多還是得由男人來執行的。」我腦海裡響起小白的聲音。

「店長這麼憂傷的神情，是發生了什麼事吧……」小芙喃喃說著，似乎想藉由轉移話題，化解尷尬的氛圍。

「小芙，為什麼會想給當時陌生的我電話呢？不是從來沒給過嗎？應該也不喜歡男生來搭訕吧？」我鼓起勇氣的問。

朋友以上、戀人未滿的那界線，我終於跨了過去。

「是不太喜歡……」小芙低著頭，喃喃的說。

「那……為什麼呢？為什麼會想給我電話呢？」我像是想確定些什麼的問。

「那子軒……從沒搭訕過女孩的你，為什麼會想認識我呢？」小芙反問，神情羞赧地望著我。

「我相信以你的資質，時機到來時，你應該能察覺的。」小白的聲音再度響起。

「小芙……」我輕喚了喚她的名字。

「嗯。」小芙輕聲的應了應。

「或許，說了之後，我們之間會變得不一樣，那樣也可以嗎？」

我問，感覺心跳加速，呼吸也急促了起來。

　　小芙抿了抿嘴後，深吸了口氣，像是做了重大決定似的說：「我……想知道子軒的想法。」

　　既然已經逾越了那條界線，就拿出勇氣，用盡全力抓住自己想要的幸福吧！

　　「小芙，妳相信一見鍾情嗎？」我問。

　　「嗯？」小芙略為困惑的望著我，似乎不明白我為何這樣問。

　　「我原本是不相信的……但當我第一次見到小芙時，妳的模樣、身上的薰衣草香氣、說話方式都深深的吸引著我，當妳從這兒離開時，我突然覺得，若那樣讓妳走了，以後說不定就再也見不到妳了，所以，我才會那樣做……」說到這兒，我停了下來，因為已經緊張到開始發抖。

　　小芙低著頭，沒有回答，但我知道她正仔細聽著。

　　「所以，我想說的是……小芙，我對妳就是一見鍾情，我……喜歡妳。」簡單的四個字，卻耗盡了我全身的氣力，但總算說出口了。

　　「那……小芙妳呢？」我膽戰心驚的問，勇敢的戰士已經捨命奔赴沙場，接下來就看幸運女神會不會對戰士微笑了。

　　小芙聽完抬起頭來，一副欲言又止的模樣，想將咖啡放在桌上時，卻不小心打翻了。

　　「子軒，我……」

思晴

　　原本不打算再回去的，但因為太想念他，而偷偷跑回店裡，不過，卻沒能見到他。

　　我和聿丞學長，大概沒有緣分吧？

　　和芷榆學姊分手後的他，失魂落魄的樣子讓我好心疼。但即使心裡難過，他還是體貼的對待每一個人，勉強自己對身邊的人微笑，為什麼不好好的找人宣洩一下呢？

　　而我，不就在他身邊嗎？為什麼不願找我傾訴呢？

　　因為，聿丞學長的眼裡，並沒有我。

　　其實，我曾私心的想，聿丞學長和芷榆學姊分手，或許我能有機會。但，如今看來，我永遠無法取代芷榆學姊在聿丞學長心中的地位。

　　明白這一點，讓我感到傷心欲絕。

　　那陣子，我經常望著我和聿丞學長相遇時的筆記本發呆，幻想著，若時光能倒轉，而那時聿丞學長身邊沒有芷榆學姊，該有多好？

　　我冀望時間能沖淡他的悲傷，但日子一天天逝去，他依然沉浸在憂傷裡，讓我心疼的不能自己，最後，我覺得自己再也看不下去了，於是，我決定離開。

　　我的不告而別，或許對店裡造成不便，但我沒有選擇，我沒把握自己能跟喜歡的人瀟灑說再見，所以，只好選擇逃走。

　　我想，一段時間後，聿丞學長就會招聘新工讀生，然後，再過段時間，或許連「思晴」是誰，都記不清了……

　　「小雅，妳有看到我一本白色封面的筆記本嗎？它看起來有點舊……」前幾天，我突然發現筆記本不見了，於是連忙問我的室友。

　　「沒有耶，是很重要的筆記本嗎？」小雅眨著長長的睫毛，困惑的反問。

　　「很……重要嗎？」我突然感到困惑，它曾經很重要，但現在，

已經不能確定了。

決定離開聿丞學長的我，留著筆記本，能做什麼呢？

過了幾天，還是沒能找到，我心想，這表示上天也讓我忘掉聿丞學長，所以才會把筆記本拿走。

這樣也好，惦記著心裡有著其他女孩的男生，又能做什麼？

「小晴，妳最近好像沒去打工了？」我和小雅一起去上完日語課後，吃午餐時，她這樣問。

「嗯，沒繼續做了。」我簡單回答。

「咦？為什麼呢？不是做得還挺開心的？」小雅好奇的問。

「嗯？我有做得很開心嗎？」這下換我困惑了。

「有呀，每回妳去打工前，都一副歡喜的模樣，回來後，看起來雖然疲憊，但心情都很好。」小雅回答。

「是嗎？」原來，在小雅的眼中，我是這樣的。

「最近，妳的心情好像不太好，是跟這個有關嗎？」小雅關心的問，她的感覺還真是敏銳。

「我沒事的，因為期末考快到了，有些緊繃而已。」

「是這樣嗎？不過，不做了還真是可惜，這樣我就不能去探班，然後順便偷看那個帥哥店長了，聽說，他是我們學校畢業的呢！」小雅突然興致勃勃的說。

「妳呀，都已經有男友了，還整天偷看帥哥，看男朋友不就好了？」我調侃的說，小雅的男友是電機系的，外貌上也能算得上是帥哥。

「呵，帥哥、美女人人愛看嘛！像小晴這麼可愛，我也好喜歡看喔！」小雅說完，整個人抱了過來，她就是這麼一個可愛討喜的女孩，跟她當室友，感覺很舒服，不過喜歡撒嬌的毛病，有時還挺傷腦筋的。

小雅鬧了一陣後，突然神情正經的問：「小晴，妳為什麼都不談戀愛呢？不是有很多男生在追嗎？裡頭都沒有喜歡的嗎？」

　　對於小雅的問題，我只是微微一笑，沒有回答。

　　「其實，我覺得帥哥店長不錯！身材高大、長得英俊，還有錢開店，『高富帥』他都有耶！」小雅提起了聿丞學長，這不是她第一次提起了。

　　「不是告訴過妳，人家有女友的，而且還是模特兒呢！」我回答。

　　「但不是分手了嗎？現在正好趁虛而入！就這麼離職多可惜呀！」小雅像是很遺憾地說。

　　「喂！矜持點好嗎？」我沒好氣的說。

　　「小晴，妳什麼都好，就是矜持過了頭，要是遇上了好男生，就要拋開矜持，緊緊把他抓住呀！不然，又會像妳錯過通識教室的白馬王子一樣……」

　　我聽完，嘆了口氣。

　　「怎麼了？」小雅關心的問。

　　「沒什麼。」我搖了搖頭。

　　「難道，妳到現在，都還惦記著大一時巧遇的白馬王子？因為這樣，才不交男朋友？」小雅一副不可置信的神情。

　　「齁！那怎麼可能呀。」我心虛地說。

　　「對嘛！妳當時就應該主動說要請他吃飯，答謝他一下，搞不好他現在就是妳的人了！既然當初沒那樣做，那就別再想他，還是把目標放在帥哥店長身上比較實際。」繞來繞去，小雅又繞回聿丞學長身上。

　　我突然覺得很有趣，因為小雅說的白馬王子和帥哥店長，是同一個人，小雅就這麼推薦聿丞學長嗎？

「嘿！笑了耶！看來妳也對帥哥店長很有好感嘛！那就別再猶豫了，今天就回去復職吧！」小雅睒起鬧的說。

「神經！」我沒好氣的說。

沒得到滿意答案的小雅，不甘願的結束了關於帥哥店長的話題，午餐結束後，我和小雅一起去上法律常識的通識課。

「好無聊喔～」3點上完課後，小雅打哈欠的說。

「這門課可是妳想選，我才陪妳來修的耶！」我說。

「嘻，因為聽說老師人很好、課很好過，所以才來修的嘛！沒想到老師上得這麼認真，法律又這麼複雜。」小雅回答。

「我倒覺得老師舉一些法律案例來說明，還挺有趣的，不會無聊呀。」我回答。

接下來小雅又抱怨了幾句後，才說她等會兒要跟男友約會，得先走一步。

「好啦，妳趕快恩愛去啦！」我笑著說。

「呵，只要攻陷帥哥店長，妳也可以呀！」小雅最後還是不忘這話題。

如果可以，我又何嘗不願意呢？但我不知道，聿丞學長究竟得花多久，才能將芷榆學姊從心裡抹去……

讓我在他身旁等待，看著他獨自神傷，實在太痛苦了，所以，還是讓我逃走吧。

跟小雅揮手說再見時，我突然見到自己的右手腕閃著銀色亮光。

咦？我怎麼還戴著這條手鍊？我怎麼還戴著聿丞學長那天送我的手鍊？不是決定忘掉聿丞學長了嗎？

接著手機響起了line的聲音，我打開包包找尋手機，發現了那天買的戒指，還靜靜的躺在我的包包裡。

一直沒能把戒指送給聿丞學長，而如今，也失去送他的理由了。

那麼，我還帶著這戒指做什麼？

我望著手鍊和戒指發呆，好一會兒後，我突然明白了。

不願取下手鍊的我，隨身攜帶著戒指的我，心裡似乎還期待著些什麼。

當我沒去店裡工作，聿丞學長打電話給我時，我雖然沒接，但其實很想聽聽他的聲音。

一陣子後，聿丞學長就沒再打了，坦白說，我有些失望，原以為，自己在聿丞學長心中的地位，應該要值得更多通電話才對。

這樣想來，我根本就不想忘掉他。

我帶著感傷心情，緩步走出法律常識教室，望見走廊盡頭有扇銀色的門，突然想起，那不就是大一時，我和聿丞學長相遇的通識教室嗎？之後，因為修課的關係，便再也沒有進過那間教室了，看起來，現在好像沒有學生在上課的樣子。

一種懷念的感覺油然而升，彷彿要尋找什麼，或者被什麼吸引似的，我緩緩地往那扇銀色的門走去。

記得那天，我為了找回筆記本，心急的奔跑在這條長廊上，當我喘著氣打開銀色大門時，見到了一幅美麗的畫面，然後一下子就喜歡上畫面裡有著爽朗微笑的大男孩。

只可惜，現在他失去了那笑容。

想到這兒，我停在銀色大門前，接著，用力將門推開。

這回，我並沒有用力奔跑，但當我推開門後，我的呼吸卻開始急促了起來。

因為，我見到了跟記憶中，幾乎一模一樣的畫面。

咦？我是在作夢嗎？或者，是在幻想呢？

是因為太過思念他，所以，才會在這裡見到他的幻影嗎？

但幻影似乎是聽到聲響，原本看著書的他抬起頭來，眼神交會後，露出驚訝的神情，但隨即微笑了起來。

我緩緩朝他走去，即使是幻影也好，請不要太快消失，因為，我實在太思念他了。

「在找什麼嗎？」他微笑的問。

「啊？」我感到困惑。

「難道，妳是在找這個嗎？」他笑著說完，把他剛剛在看的東西遞給我。

一本白色顯舊的筆記本，上頭寫著「李思晴」。

一切，都跟兩年多前的情景相同，彷彿歷史重演。

「是呀，我在找這個沒錯。」我說，因為記憶中，當時我似乎是這麼回答的。

午後的明亮陽光，肆意的灑進通識教室裡，照亮了他原本憂傷的側臉，我終於又見到了他乾淨爽朗的笑容。

「好久不見了，小晴，沒想到能在這裡再見到妳。」他說。

「這是真的嗎……」我喃喃說著，他似乎不是幻影。

「什麼？」他困惑的問。

我微笑的搖搖頭。

「小晴，兩年多前，我也曾在這裡撿到妳的筆記本，還記得嗎？」他問。

我愣了愣，然後點點頭。

原來，他記得。

「當時，因為我身邊有著芷榆，所以，有句話沒能對妳說。」他說。

「什麼話？」我好奇的問。

「可以的話，能留一下妳的聯絡方式嗎？」他說。

我拿著筆記本，望著手鍊，一時之間，忘了回答。

小雁

　　阿謙那天在夜市說的那句話，我就是沒辦法不在意。

　　「哪沒人喜歡了，我就喜歡⋯⋯」雖然阿謙沒把話說完，但話意已經很明顯了⋯⋯

　　阿謙，難道不是想說他喜歡我嗎？

　　我想起，很久之前，他給我的那個擁抱，雖然嚇了一跳，卻帶給當時受傷的我溫暖，讓我感到心跳加速。

　　我才發現，原來我早就為阿謙動了心。

　　我也想起，他在白色情人節送我巧克力的事情。

　　若當時，我忍氣吞聲地把巧克力收下來，阿謙接著會不會對我告白呢？

　　唉，小不忍則亂大謀！我不應該糾結於買巧克力這種小事才對，否則，我和阿謙現在或許已經在一起了。

　　「小雁！明天就要比賽了，給我專心點！」教練訓斥地說。

　　「是！對不起！」我道歉的說，最近因為阿謙，我很容易分心。

　　因為，我實在搞不懂阿謙的想法。在那之後，阿謙就跟以前沒兩樣，好像他完全沒說過那句話似的，放學後找我一起回家，偶爾來看我練球，一起去逛街、買東西，我們的距離沒有因為他說了那句話而變得更近，但也沒變遠。

　　依然是青梅竹馬的距離。

　　難道，阿謙覺得，這是最適合我們的距離？

　　而且，最近阿謙好像有心事，好幾次都欲言又止的，不曉得發生了什麼事。

　　熱音社最近練得很勤，聽說是參加了個歌唱比賽。

　　主唱小遙擁有甜美的嗓音、清純可愛的外貌，聽她唱歌簡直就是種享受，若我是經紀人，一定馬上把她簽下來。

「小雁姐姐，又被教練罵了呀！」小遙在練歌的空檔，跑來跟我搭話。

「是呀，誰叫我不專心……」我有些難為情的應了應。

「一定是在想謙哥哥吧！」小遙頑皮的說。

「哪是呀！」我很快地反駁，但還真被她猜中了。

「是嗎？不過，謙哥哥最近好像不開心呢……」小遙說。

「嗯，我也有感覺到。」我認同的說。

「小雁姐姐知道原因嗎？」小遙問。

我搖了搖頭，回答：「我也不知道，還想問妳是不是知道些什麼呢。」

小遙扁著嘴搖了搖頭說：「最近謙哥哥都沒來找我玩，大概已經把人家給忘了吧！」說完，雙手叉腰、雙頰鼓起，一副生氣的模樣，但卻可愛到了極點，這模樣任哪個男生見到，哪有不動心的？

「或許是因為大考快到了，忙著念書的關係吧？也因為這樣，心情才沒辦法開朗。」我猜測的說。

「嗯，有可能……」小遙說完，頓了頓後，換上了一副賊賊的表情，開口問：「那妳跟謙哥哥有什麼進展嗎？」

「能有什麼進展？」我反問。

「咦？沒進展嗎？」小遙驚訝的問。

「啊？」

「不管怎麼想，都覺得謙哥哥是因為喜歡小雁姊姊妳，才想送妳情人節巧克力的，而小雁姐姐不也一樣嗎？這樣的你們，怎麼會到現在都沒進展呢？」小遙困惑的問。

「我……哪有呀……」我臉紅的說。

「難道，謙哥哥有什麼顧慮嗎？」小遙喃喃的說。

「顧慮⋯⋯」

這時，熱音社的休息時間結束，台上的吉他手向小遙揮手示意準備開始練習。

「那我去練習了，小雁姐姐，明天的比賽加油喔！」

「嗯，我會的。」

練完球後，我沖了個澡，最近買了洗完身上會香香的沐浴乳，這樣阿謙陪我回家時，才不會聞到我練完球的汗臭味。

我愈來愈在意阿謙對我的觀感和想法了，像上回和他一起去逛夜市，我還特意打扮自己，所以聽到阿謙稱讚我可愛耀眼時，我真的覺得很開心。

因為，每個女孩都想在喜歡的男生面前，呈現自己最可愛的一面。

不過，今天阿謙比較慢呢！以往，只要我練完球出來，阿謙都已經在外面等我了。

幾分鐘後，阿謙的身影在不遠處出現，我突然感到緊張，連忙拿出鏡子，看看自己的頭髮和衣服有沒有整理好。

「不好意思，等很久了嗎？」阿謙道歉的說。

「不會啦！再說，每回都是你等我呢！」我說。

「剛剛在活動中心跟小遙聊了一下，所以遲了，她抱怨我最近都沒理她。」阿謙解釋的說。

我心裡突然升起一股不快，幹麼在我面前提別的女孩呀，雖然明白阿謙和小遙似乎只是哥哥和妹妹的關係，但小遙實在太可愛了，我擔心阿謙會為她心動，而且情人的眼中容不下一粒沙，阿謙，怎麼連這個都不懂呢？

「喔⋯⋯」我冷冷的回應。

一起騎腳踏車回家時，阿謙一反常態的沉默，讓我覺得有些奇怪，難道是我剛才的態度，讓他以為我在生氣嗎？

　　「怎麼都不說話？」我打破沉默地問。

　　「呵，突然不曉得要說什麼。」阿謙尷尬地笑著說。

　　「考試準備得如何？」我找了個話題問。

　　「還OK。」

　　「能上台大吧？」我問。

　　「呵，誰知道呢？不過，為什麼小雁覺得我會想考台大呢？」阿謙笑著問。

　　「這個……因為大家都說台大很好，所以，我想阿謙成績這麼好，應該要念台大吧？難道不是嗎？」我不確定的說。

　　「可以的話，真不想離開這裡……」阿謙喃喃說著。

　　「離開這裡？什麼意思？」我困惑的問。

　　「就是畢業離開學校的意思，如果去念台大，大概就沒辦法常常跟小雁見面了。」阿謙解釋的說。

　　「嗯，是呀。」我點頭，覺得有些難過，憑我現在的學科和比賽成績，要用排球保送台大是有些困難。

　　接著，彼此都沉默了一會兒後，這回阿謙先開口。

　　「小雁，明天有空嗎？」阿謙問。

　　「嗯？問這個做什麼？」我反問，阿謙，難道想約我嗎？

　　「想約妳呀。」阿謙笑著說。

　　「神經～都認識這麼久了，還說什麼約不約的……」我假裝沒好氣的說，以掩飾自己臉紅心跳的模樣。

　　「那麼，有空嗎？」阿謙再問。

　　「但我明天下午要到外縣市參加比賽耶，不曉得幾點才能回

來。」我說。

「這樣呀，那我在我們家附近的那間7-11等妳，比賽完就來找我吧。」阿謙說。

「嗯，好的。」我點了點頭。

「一定要來喔。」阿謙說。

「好啦！」

明天的比賽非常重要，要是能獲勝，就能挺進全國四強，只要能拿到全國女排冠亞軍頭銜，或許就能靠著排球保送台大，這樣，就能繼續和阿謙在一起了……

但有時，人們愈是努力，事情卻愈往相反的方向進行。

今天的對手，是首次打進全國八強，還是間默默無名的高中，我們則是經常打進全國四強的排球名校，但這場比賽我們卻意外的陷入苦戰。

對手主力球員的身高平均175公分，負責封網的兩位球員更高達185分，簡直就是銅牆鐵壁。

「若我們號稱是攻擊最強的矛，我想她們就是防禦最強的盾，我們要把比賽當成冠軍戰來打，不能有一絲鬆懈，否則輸的會是我們！」教練嚴肅的對大家說。

教練說完頓了頓，接著望著我說：「小雁，妳身為隊上的主力攻擊手，又是高三學姊，妳明白自己背負著什麼吧？」

「嗯，我知道。」我回答。

我必須成為比賽中，最穩定且令人信任的存在。

「來！刺穿她們自豪的盾吧！」教練對大家說。

比賽開始後，我和另一位主力攻擊手小蓁很快發現，這面盾沒那

麼容易刺穿。對手不只是高而已，封網和防守的技巧也很好，不管我們用的是A式快攻，或是時間差攻擊，她們都能很快應變，這一定經過長時間的練習，她們能打進八強絕非僥倖。

　　比賽雖不至於一面倒，但卻呈現拉鋸戰的狀態，陷入苦戰的我們，第一局以兩分之差落敗，而更糟的是，第二局開賽不久後，為了打出更強力扣殺的小蓁，因為過於用力，不小心在落地時弄傷了自己的腳踝。

　　「看樣子，是沒辦法繼續比賽了……」教練看了小蓁的傷勢後這樣說。

　　接著，教練不理會小蓁執意繼續上場的哀求，轉過身來對我說：「小雁，能刺穿她們的盾的人，就只剩妳了，我會讓其他人做好欺敵與掩護，最後的攻擊就交給妳了，小雁……」。

　　「是。」我應了應。

　　「妳們是我帶過最棒的球員，我真的很想看到妳們打進決賽……小雁，帶大家一起去吧。」教練說完後，望向大家。

　　教練說完，大家的鬥志似乎全被點燃，每個人的眼神都變得不一樣，而我，更是用盡氣力的跳，拚盡全力的扣殺每一球。

　　但對手並非單純靠鬥志就能輕易壓倒的球隊，苦戰到duce後，才終於拿下第二局，但第三局，對手換上的17號球員，其攻擊力比起隊上的小蓁，簡直有過之而無不及。

　　17號上場後，雖然防守強度下降了些，但攻擊力卻大幅提升，我們逐漸落居下風，輸了第三局。

　　「光看對方這陣容，是支具有冠軍相的球隊，但我相信大家，只要把平時練習的成果展現出來，一定能夠獲勝，去吧！擊潰她們！」雖然落居下風，但教練仍激勵的說。

第三局後半，我腳踝的舊傷開始隱隱作痛，或許因為平常都有小蓁和其他人分擔部分攻擊，而今天攻擊幾乎全落在我身上，再加上我比平常跳得更用力，腳踝開始承受不了，但現在，除了我之外，沒人能刺穿對方的盾……

第四局開打後，腳踝愈來愈痛，但我們已經沒有退路了，說什麼，我也要撐到最後。

阿謙，我不想帶著落敗的消息去見你，所以，請把力量借給我吧。

或許是教練的激勵發揮作用，雖然對方的攻勢凌厲、防守堅強，但大家拚盡全力，有個學妹還衝到場邊飛撲救球，差點撞傷了自己，這精神感動了大家，士氣變得無比高昂的我們，驚險地拿下了第四局。

「小雁，我看妳扣殺的動作跟平常有些不同，妳哪裡不舒服嗎？」教練關心的問。

「沒事！我好得很！」為了取信教練，我還特地用力跳了幾下。

第五局，感到懷疑的教練依然放我上場，腳踝痛到不行的我告訴自己，再一局就好，再贏一局就好。

這一局，雙方的應援團和場上的球員一起沸騰起來，雙方都沒有退路，場上殺聲震天，應援團也快喊破喉嚨，球的扣殺聲與球員的喊叫聲此起彼落，沒人想輸掉這場比賽，而我的腳痛到連站都感覺辛苦，但神奇的是，只要隊友把球高高舉起，我仍會奮勇飛上前去扣殺。

比數終於來到24比22，我們領先兩分，只要再得一分，就能殺進四強，這時，隊友把球高高舉起，我顧不得已經痛到麻痺的腳踝，仍助跑兩步，準備上前扣殺，但要跳起來的那瞬間，我突然感到強烈劇痛，因而沒能跳起，球在我面前緩緩落下……

「嗶～」教練叫了暫停，很快地衝了上來，隊友們也都圍過來關

心，教練不由分說脫下我的球鞋。

「腳踝腫成這樣，還說沒事！馬上給我下場！」教練斥責地說，但她的眼中卻泛著些許淚光。

「不要！我要繼續比賽！只差一分而已！」我執拗的說，只差一分了呀！

「混帳！妳想讓自己以後再也不能打球，甚至沒辦法走路嗎？」教練說到這兒，淚水掉了下來。

這是我第一次見到平常有如魔鬼一般的教練落淚，而且是為了我的腳傷。

「學姊，妳已經很努力了，接下來，就交給我們吧～」好幾個學妹噙著淚水對我說。

「是呀，小雁，我們不會讓妳的努力白費的！」同為高三的隊友也這樣說著。

後來，雙方一直纏鬥到比數35：33才結束，簡直就是拚了命的大家，最後終於獲得勝利。這場比賽，後來被評為年度最精采的高中女排賽，還說獲得這場比賽勝利的球隊，絕對是冠軍的大熱門。

「小雁！我們辦到了！」隊友們跑來跟我抱在一起，大家全都哭得唏哩嘩啦。

賽後，我掛心著與阿謙的約定，想先行離開，卻被教練阻止。

「但我今晚跟人有約……」我解釋的說。

「小雁，妳在開什麼玩笑！？妳的腳踝腫成這樣，不到醫院檢查一下怎麼行？我剛已經預約好了，等會兒我會載妳去醫院，妳哪也不准去！」教練堅決地說，完全沒有任何讓步空間。

「這最好住院檢查一下。」醫生皺著眉說。

於是，我缺席了與阿謙的約會和進入前四強的慶功宴，在教練的

陪伴下，在醫院度過了一晚。

「你撥的電話目前無法接聽，如不留言請掛斷，快速留言請在『嘟』一聲後⋯⋯」而阿謙的手機怎樣也打不通。

「對不起，我因為有點事情，今天大概沒辦法去了⋯⋯」我給阿謙留言。

只好明天再到學校找他，跟他道歉了，若他看到我的腳踝受傷了，會不會像那回一樣，再給我一個擁抱呢？那樣的話，受這傷也算值得了。

但隔天到學校後，跛著腳的我，卻遍尋不著阿謙的身影。

「不知道呢！我今天也都還沒見到謙哥哥。」小遙說完頓了頓，接著問：「對了，謙哥哥這兩天沒跟妳說些什麼嗎？」

我搖了搖頭。

「奇怪，他說要找機會跟妳說的呀⋯⋯」小遙喃喃的說。

阿謙，想跟我說什麼呢？

接著，我告訴小遙原本與阿謙說好昨天要在7-11見面，卻因為受傷，沒能赴約的事情。

「那小雁姐姐要不要去看看？」小遙問。

「怎麼可能等到現在呢？」我不可置信的問。

「呵，因為謙哥哥是個傻瓜嘛！」

因為受傷，難得準時放學的我，馬上跑去約好的7-11，但並沒有見到阿謙的身影。雖然明白這很正常，阿謙沒理由等我一天一夜，但心裡卻感到失落。

「或許，妳在找人？」身邊突然有個聲音響起。

我回過身去，見到是7-11的帥哥店長後，微微的點了點頭。

「妳是小雁吧？」他再問。

「咦！？你怎麼知道！？」我驚訝的反問。

「昨天有個男孩，在店裡一直坐到深夜，我覺得他應該是在等人，但他等的人卻沒來……」他頓了頓後，接著說：「凌晨兩點多時，他走向櫃台，請我轉交某樣東西給『小雁』，還描述了『小雁』的模樣。」

「某樣東西？」我困惑的問。

「就是這個。」他將一個袋子遞給我。

「這……這不是！？」我打開袋子，出現在我眼前的是，白色情人節時，阿謙想送給我，但我沒能收下的巧克力，原來他一直還留著。

「他等的人……是妳嗎？」他問。

「嗯。」我點點頭。

「他應該很喜歡妳，否則也不會等那麼久。」他微笑的說。

真的嗎？阿謙喜歡我嗎？

我望著阿謙送我的巧克力，一時之間，腦袋亂哄哄的，阿謙為什麼要託個陌生人把巧克力轉交給我呢？若真的喜歡我，為什麼不等到今天再親自交給我？

有好多疑惑，得找阿謙問清楚才行。

「對了！忘了自我介紹，我叫聿丞，是這間7-11的店長。」他微笑的說。

「嗯，謝謝你。」我道謝的說。

只不過，我的疑惑直到最後，都沒能釐清。

因為，阿謙的身影，從此不再出現了。

秋廷

這些天的依依，感覺上有些異樣。

雖然工作依然認真，臉上也掛著微笑，但我總感覺依依好像有心事。

「依依，妳……」我欲言又止。

「嗯？」依依困惑的望著我。

「妳不開心嗎？」

「沒有。」她搖了搖頭。

「是嗎？那大概是我多心了……」

「秋廷～」耳邊突然傳來個熟悉的叫喚聲。

「樂兒前輩在叫你了。」依依神情平靜的說。

我回過頭去，見到樂兒笑著招手要我過去她那兒。

「秋廷前輩，你還是多關心樂兒前輩吧，我先去會議室了。」依依說完，便逕自離開了。

我望著依依離去的背影，心裡覺得一定有那裡不對勁，依依以前不會對我這樣冷冰冰的，自己究竟是哪兒惹依依生氣，讓她不開心了？

記得不久前，我、依依和樂兒一起去拜訪客戶，依依卻突然消失，好像就從那時開始，變得有些不對勁，而且，依依提出的一對一約會練習，也不曾再有過了。

我都還沒賣出第一張女性保單呢！也還沒克服恐女症，依依，妳不是說要幫我的嗎？

或者，男朋友不同意依依跟我約會？也是，換作是我，我也會反對的。明知道喜歡上心有所屬的依依，只會讓自己難受，也不會有任何結果，但我還是控制不了自己。

「在想什麼呀？這麼入神？」樂兒在我眼前揮了揮手。

「沒什麼，只是在想，這世上有很多事情，好像不是光靠努力就

能做到⋯⋯樂兒找我嗎？」我微笑的問。

　　「是嗎⋯⋯對了，我這邊有幾個客戶對保險和基金都滿有興趣的，晚點一起吃飯吧，我再詳細跟你說。」樂兒說。

　　「嗯。」我點頭。

　　取而代之的，是與樂兒的晚餐約會。

　　而我和依依，就只剩下過餐後的7-11午後時光了。

　　「依依，點數。」結完帳後，我回到窗台上的座位，將點數拿給依依。

　　「嗯，謝謝。」依依說完，將三張印著哆啦A夢的貼紙收了下來。

　　依依喜歡7-11的集點活動，尤其是哆啦A夢系列，她想把這系列的都收集完成，所以，最近我們幾乎把所有消費都貢獻給7-11，就只為了哆啦A夢。

　　而我，覺得這樣的依依很可愛，更精確地說，不管依依做什麼，我都覺得很可愛。

　　「怎麼不說話？」依依問我。

　　「不曉得說什麼。」我回答。

　　「我覺得，我們好像變得很不熟。」依依望著我說。

　　「我並不想這樣的。」

　　「那為什麼我們會變成這樣？」依依問我。

　　「我也不知道。」

　　「⋯⋯我想問你件事。」依依有些猶疑地說。

　　「什麼？」

　　「你和樂兒前輩⋯⋯大學時曾在一起嗎？」

　　依依的問題嚇了我一跳，鎮定下來後我回答：「沒有，我和樂兒一直都是好朋友，她心情不好或有心事時，會找我聊聊，相對的，我覺

得煩悶時，也會找她說說話。」

「聽起來，很像是《我可能不會愛你》裡的又青姐和大仁哥⋯⋯」依依說。

「這部戲好像得了不少獎，可惜我沒看過，所以不曉得他們是什麼樣的關係。」我回答，我一向不太看電視。

「有機會你可以看看，是部好戲。」依依說完，沉默了一會兒。

「嗯，我會找來看的。」

我和依依陷入沉默時，有個高中男生提著袋子走了進來，他神情嚴肅在我身旁坐下，看起來像在等人，然後我下意識地看了看錶，下午四點半。

「對了，該跟你說聲恭喜。」依依突然的說。

「恭喜？」我困惑的問。

「今天，不是賣出了第一分女性保單了？」依依反問。

「嗯，是呀，總算賣出去了。」我回答，但卻完全沒有高興的感覺。

「我的約會特訓有發揮作用吧？」依依問。

「那當然。」我很快地回答。

「那就好。」依依笑了笑。

這時，7-11的店長補貨經過我和依依身旁，對我們笑了笑。

「請問⋯⋯」依依突然朝店長開口的問。

「嗯？」店長回過身來，神情疑惑地望著依依。

「筆記本的主人，回來了嗎？」依依問。

店長聽了先是一愣，然後笑了笑。

「會回來嗎？」依依又問。

「我也不知道。」店長回答，然後朝我們欠了欠身便離開了。

「我好希望她能回來。」依依對我說。

「為什麼？」我問。

「因為這樣我才能見到，愛情的蹤跡，即使是在別人的故事裡。」依依說，神情有些悲傷。

但依依，妳不是已經擁有愛情了嗎？為什麼神情卻這麼悲傷呢？男朋友對妳不好嗎？

「依依，我也有件事情想問。」我說。

「嗯？」

「為什麼……突然就不特訓了呢？」我問。

「……」依依聽完只是默默地望著我，沒有回答。

「不想回答也沒關係的，我只是好奇問問。」我連忙說。

「秋廷前輩……喜歡特訓嗎？」依依問。

「嗯。」我點了點頭。

「喜歡我們的約會嗎？」依依再問。

「嗯。」我又點了點頭。

「那麼，喜歡我嗎？」

「啊！？ㄟ……我……」聽到依依的問題，我的心臟差點就跳出來了。

「呵，跟你開玩笑的啦！瞧你嚇成這樣，看來秋廷前輩害羞純情的毛病還沒完全治好呢，還得繼續努力才行。」依依笑著說。

「呼，心臟差點就嚇停了……」我鬆了口氣，但也感到失落，原來喜不喜歡這問題對依依來說，只是個玩笑？

「看在秋廷前輩這麼喜歡跟我約會的分上，也慶祝你賣出第一分女性保單，我就再跟你約會吧。」依依突然神采飛揚的說。

「真的嗎？」我喜出望外地說。

「嗯，但僅此一次，以後秋廷前輩就得自立自強了。」依依說。

「自立自強……」我喃喃的說，這話是什麼意思？

「那我先回去梳妝打扮，秋廷前輩晚上六點到這裡接我吧！記得穿得帥氣一點，今晚秋廷前輩是王子，而我是等著王子來迎接的公主。」

怎麼突然就決定是今晚，早些時候已經答應樂兒要一起吃晚餐了，這該怎麼辦？

「依依……」

「秋廷前輩，每個女孩都夢想成為公主，這回，就讓我當一次秋廷前輩的公主吧！」依依說到最後，有些失神。

所以，我沒能告訴依依，今晚跟樂兒有約。

但更重要的是，每個男生也都有著成為王子的想望，而我，很想當一次依依的王子。

回到分行，樂兒提著包包輕快地朝我走來。

「走吧，我有家想去的餐廳，因為要介紹客戶給你，所以你要請客喔！」樂兒笑著說。

「請客當然是OK，但今晚……」我還沒想好怎麼跟樂兒說自己今晚要失約了。

「怎麼了？」樂兒困惑的問。

「今天晚上我臨時有點事……」我為難的說。

「對女孩失約，這不像你……」樂兒收起了笑容，若有所思的說。

「真的很抱歉，妳這麼幫我，我還這樣……」我道歉的說。

「我能知道，是什麼事嗎？」樂兒問。

樂兒是個落落大方、不拘小節的女孩，只要隨便說個理由，她應

該就不會再繼續深究，但我怎能欺騙一路陪伴自己的好朋友？

　　所以，我老實告知了樂兒。

　　「所以，我和依依之間，你選擇了依依，是嗎？」樂兒神情變得有些異樣。

　　「也不是這樣說，因為依依說是最後一次，所以我才……」我解釋的說。

　　「那如果我說，這也是我給你的最後一次機會呢？」樂兒說，她的眼眶逐漸紅了。

　　「最後一次機會？」我驚訝的望著樂兒。

　　「秋廷學長，從大學時我就是這麼叫你吧？」樂兒問，眼眶噙著淚水。

　　「嗯。」我點了點頭。

　　「秋廷學長，從第一次這麼叫你開始，我就一直給你機會，但你一次都沒能把握，甚至沒有察覺我的心意，你以為我們大學時參加同一個社團，工作進同一間分行，只是巧合嗎？對於感情太過無心，是件令人可恨的事情……」樂兒傾訴著，努力的不讓眼眶裡打轉的淚水落下。

　　「樂兒，我從來都不知道……」我慌了手腳，原來一直扮演著好朋友角色的樂兒，心裡想的，不只是朋友。

　　「可惡！」樂兒重重的往我胸口槌了幾拳，我應得的幾拳。

　　「對不起。」我道歉的說。

　　「我想聽的不是這個！」樂兒提高音量的說，引起分行同事的注意。

　　樂兒柔情似水地望著我，淚水順著臉頰輕輕的滑落了，接著樂兒撲進了我懷裡，周遭同事貼心的避開我們。

　　「秋廷學長，你的答案呢？」樂兒在我懷裡小聲地問。

我沉默了一會兒，回答：「樂兒，我一直把妳當成好朋友、當成妹妹，所以我……」

　　之後，樂兒在我懷裡放肆地哭了起來，同事見狀全部打卡下班。

　　「秋廷學長，還記得有次你曾答應過我，未來若我有什麼要求，你都不會拒絕嗎？」等到樂兒的啜泣聲停止時，她輕聲地問。

　　「嗯，我記得。」

　　「今天晚上，就讓我任性一次，陪我到最後，好嗎？」樂兒央求地說。

　　我看了看牆上的鐘，已經六點二十分了，剛剛手機似乎響了幾次，應該是依依打來的吧，最討厭男生約會遲到的她，已經掉頭走人了吧？即使現在趕去，應該也見不到她了。

　　況且，答應過樂兒的我，又怎麼能在她這麼傷心的時候拋下她呢？

　　「嗯。」我點了點頭。

　　「喜歡了那麼久，只換來一個晚上……」樂兒在我懷中喃喃說著。

　　我送樂兒回家時，已經晚上11點了，那時樂兒情緒已經平復了許多。

　　「對不起，那麼任性的要你陪我，讓你沒辦法和依依約會。」樂兒道歉的說。

　　「該說對不起的是我。」我回答。

　　樂兒慘淡的笑了笑，然後搖搖頭：「我是因為心裡難受，所以才性非到你身上，但其實心裡明白，你沒有錯。」

　　「對不起。」我再次道歉。

　　「夠了，再說對不起，只會讓我變得更加不堪。」樂兒說。

「……」

「那麼，也該對長久以來暗戀的秋廷學長說再見了。」樂兒微笑的說。

「嗯。」

「秋廷學長，再見。」樂兒揮著手說。

「……」我難過的望著樂兒，沒有回答。

樂兒最後轉過身去時，眼裡似乎又閃著晶瑩的淚水。

11點的夜裡，我開著車在路上奔馳著，忍不住地嘆氣。

同一天，我搞砸了和依依的約會，也可能失去樂兒這朋友。

而兩個月來，只賣出了兩張保單。

事業、友情、愛情，怎麼就沒一樣順利的？

但諷刺的是，不管人生再怎麼不順利，地球仍會繼續轉動，時間一到，肚子依然會餓，我才發覺，自己到現在還沒吃晚餐，但這麼晚，大概只能買消夜了。

懶得花腦筋的我，方向盤一轉，習慣性地朝常去的7-11駛去，打算買些關東煮來填飽肚子。

停好車子後，我朝著夜裡最明亮的7-11走去，眼裡突然出現個熟悉身影。

「那不是！？」因為太過驚訝，我忍不住叫了出來。

是依依！真的是依依！她居然還在！難道她從六點一直等到現在嗎！？

我奔跑了起來，雖然已經遲了這麼久，但現在能早一秒到依依的身邊也好，我已經讓她等了太久。

「依依！」衝進店裡後的我大喊。

下午時見到的高中男孩還在，他回過頭來望著我，嘴角露出了微

笑：「總算有一個來了……」

「王子，你遲到了！」依依說，但她的神色看起來有些異樣。

「對不起，發生了一些事情，我以為依依妳早就離開了……」我心疼的說，依依妳怎麼這麼傻？怎麼能等上這麼久？

我讓依依等了一整個晚上，也讓樂兒等了十年。

「公主一直乖乖等著王子來迎接，終於等到王子出現……」依依自顧自地說，這情況讓我感到擔心。

「依依，妳還好嗎？」我擔心的問。

「幸好還來得及，但我們只剩一點時間了，過了12點，公主就會變回灰姑娘，王子，為什麼你不早一點來呢？」依依失神的問。

「不會變的，依依，妳永遠都是我心中最美的公主。」我雙手放在依依的肩上，一字一頓的對她說。

依依搖了搖頭，回答：「但我們身處的世界不同，過了今晚，我就要回到我的世界去，或許以後，不會跟你的世界再有交集了。」

「怎麼會呢？」我不解地說。

「最後，我們來約會吧！」依依說。

於是，我和依依在7-11度過了最後一次約會，我們吃了關東煮、喝了City Cafe、用手機拍了合照。

接著，時間悄悄跨過了12點。

「秋廷前輩，還記得《我可能不會愛你》這部戲嗎？」依依問。

「記得。」我點頭。

「這是給你的，等哪天你看完了那部戲，就打開來看吧。」依依說完，給了我一張卡片。

「我明白了。」

「絕對不能偷看喔！」依依交代的說。

我困惑著為什麼依依要等我這麼久，更困惑為什麼依依絲毫沒有怪罪我，但沒過多久，我馬上明白了。

　　「依依離職了！？」我驚訝的問主管。

　　「嗯，因為是高層的千金小姐，所以，來工作大概只是玩票性質吧？能撐半年，算了不起了。」主管說。

　　我立刻打電話給依依，但打不通，到租屋處去找她，也已人去樓空，跟主管要依依更進一步的聯絡方式，主管回答因為依依是高層直接交代下來的，所以他也不清楚。

　　就這樣，我和依依失去了聯絡。

　　接著，樂兒也離開了分行。

　　「調職，這麼突然？」我驚訝的問。

　　「其實以前經理就跟我提過好幾次，但我一直沒接受。」樂兒回答。

　　「那為什麼突然接受了？」我問。

　　「呵，你覺得呢？」樂兒笑著反問。

　　「……」我沉默了，是因為我吧？

　　「以後就不能經常見面了。」樂兒說。

　　「我們還會是朋友嗎？」我問。

　　「我也不知道，或許吧？」樂兒最後留下了個問號給我。

　　之後，我上網抓了「我可能不會愛你」這部戲來看，看完之後，總算明白，為什麼依依會說我和樂兒的關係，很像大仁哥與又青姐了。

　　他們是超越性別的好朋友，我和樂兒也是，應該說，原本我以為我們也是。

　　戲裡的大仁哥喜歡又青姐，但我並沒有喜歡樂兒，我喜歡的是依依呀。

看完結局後，我迫不及待的將依依給我的卡片拆開來看。

若秋廷前輩是大仁哥，樂兒前輩是又青姐的話，那麼，我就是戲裡的Maggie了。

當秋廷前輩打開這張卡片時，我已經和Maggie一樣，回到屬於自己的世界了。

希望秋廷前輩和樂兒前輩，會跟戲裡的大仁哥和又青姐一樣有個幸福結局。

依依

戲裡面，Maggie喜歡的人就是大仁哥。

原來如此，我明白的太晚了……

因為，依依的身影，就這樣從我的世界消失了。

小芙

　　上完早上十點的課，我和晏君討論著午餐要到哪吃時，手機響了，是子軒打來的。

　　「喂～」我接起電話。

　　「是我，吃過午餐了嗎？」他問。

　　「還沒，正和晏君討論去哪吃。」我回答。

　　「我論文寫了個段落，要一起吃午餐嗎？」他問。

　　「這個……」我面有難色地望了望晏君。

　　「子軒打來的？」晏君問。

　　我點點頭。

　　「找妳吃午餐？」晏君又問。

　　我又點點頭，露出不好意思的表情。

　　「喂～小芙妹妹，重色輕友可不行喔～」晏君微笑的說。

　　「人家哪有！」我回答。

　　「妳偶爾也要陪陪我呀，幸好我心胸寬大，不介意三人行。」晏君說。

　　「那我問問他。」說完，我對著手機另一頭的他問：「那我找晏君一起去？」

　　「好呀，我在門口等妳們。」他很快地答應。

　　「他說OK，在門口等我們。」掛上電話後，我對晏君說。

　　「喔？看來是個有氣度的男生嘛！」晏君品頭論足的說。

　　「怎麼說？」我疑惑地問。

　　「因為他很快就答應了，有些男生會介意其他人打擾到自己的約會。」晏君說。

　　「所以？」

　　「雖然還沒見過，不過我想，應該如妳所說的，是個很好的男生

吧？」晏君說。

「呵，那還用說，否則怎麼會選他當男朋友呢？」我笑著說，心裡為子軒感到驕傲。

「瞧妳得意的……」晏君白了我一眼。

十分鐘後，我們在門口見到正倚著牆等候的子軒。

「是他嗎？」晏君指著子軒問。

「嗯。」我點點頭。

「喔？挺帥的嘛！以前還說妳理想的男朋友不一定要很帥，我看妳根本就是外貌協會。」晏君嘲諷地說。

「人家才沒有！子軒真的很好，只是剛好長得帥而已……」我解釋的說。

這時子軒看到了我們，便微笑的朝我們走來。

「等很久了嗎？」我問。

「還好，我也剛到。」子軒說完，望向晏君，接著問：「妳是晏君吧？」

「嗯。」晏君微笑點頭。

「我是子軒，不好意思，打擾了妳和小芙的午餐約會。」子軒神情歉疚的說。

「呵，不會呀，我也想看看你，今天剛好有機會。」晏君回答。

「想看看我？」子軒困惑的問。

「我想知道從我身邊搶走小芙的男人，到底長什麼樣子。」晏君說。

「晏君，在亂說什麼呀！？」我難為情的說。

「搶走了小芙，真是抱歉，不過，我一定會好好對待她的。」子軒笑著回答。

去吃午餐前，我們三個到了附近的7-11。

　　「不是要去吃午餐？幹麼來這裡？」晏君困惑的問。

　　「這是我和小芙的小默契。」子軒回答。

　　「嗯。」我微笑的點了點頭。

　　「哇！居然在我面前裝神祕、搞小圈圈？快給我從實招來！」晏君氣勢很強的對我說。

　　「好啦！好啦！我們是來買City Cafe的。」我回答。

　　「想喝咖啡等一下吃完午餐再點就好了，幹麼一定要到7-11買？況且，也沒很好喝呀……」晏君疑惑地說。

　　「喂！妳小聲一點啦！在人家店裡這樣說，很沒禮貌的！」我連忙制止地說。

　　「因為，我和小芙是因為這杯咖啡才相遇的。」子軒解釋的說。

　　「咦？但那不是我事先策劃好，然後交由小芙去執行的計策嗎？」晏君困惑的問。

　　「晏君！噓～」我連忙阻止晏君，這種事幹麼說出來呀！

　　「計策？」子軒困惑的望著我們。

　　「小芙，妳還沒告訴他，這陣子妳的奮鬥過程呀？」晏君問我。

　　「我怎麼說得出口？多不好意思呀！」我的臉愈來愈紅。

　　「奮鬥過程？」子軒的表情愈來愈困惑。

　　「呵，你不知道，我們小芙妹妹這陣子為了讓你追上她，不曉得花了多少心思呢！」晏君一副準備爆料的模樣，子軒饒是興味的望著我們。

　　「啊！我突然想到下午還有課，晏君，我們還是先走好了，子軒，午餐下回再吃好了。」我急忙地說。

　　「……」晏君和子軒都沉默地望著我。

「其實，我突然得了一種『沒辦法三個人一起吃午餐』的病……」我又說。

「……」晏君冷冷地望著我，子軒笑了出來，接著牽起我的手說：「小芙，妳就是這麼可愛。」

紙包不住火，等到晏君爆料完，我的City Cafe也喝完了，心裡感到很不安，子軒會不會覺得我是個隨便的女孩？會不會因此討厭我？

「原來如此呀！」子軒聽完，恍然大悟的說。

「是呀，都是你太被動，我們小芙臉皮又太薄，才讓我這軍師傷透腦筋。」晏君抱怨的說。

「原來在我發現妳之前，妳已經先發現我了。」子軒牽著我的手，這樣對我說。

「……子軒，你會不會討厭人家？」我擔心的問。

「怎麼會呢？我唯一想的，就是感謝上天，讓我能跟小芙相遇。」子軒微笑的說。

「嘻！真的嗎？」我感到心花怒放。

「哇！實在太閃了！快拿副墨鏡給我！」晏君叫嚷地說。

沒想到，這時，真的有人拿了副墨鏡過來。

「店長，還真有墨鏡呀？」子軒頗感有趣的說。

「因為是發生在店裡的愛情故事，本店與有榮焉，所以這送給你，當成是你告白成功的禮物！」7-11的帥哥店長回答。

「店長，但需要墨鏡的人是我耶！」晏君跟店長裝熟的說。

「那店長，你的愛情故事呢？」子軒問。

「上　段故事結束了，不過……」店長說到這兒停頓了下來。

「不過？」我問。

「或許下一段故事就要開始。」店長微笑的回答。

說完，店長回過身去，繼續他的工作。

「你們常來到連店長都混熟了呀？」晏君問。

「因為我追小芙和告白時，店長都在，他一直很關心呢！」子軒回答。

「對了，說到告白，那時候的情況到底怎樣？小芙很小氣，都不告訴我，子軒你是個雍容大度的男生，所以告訴我吧！」晏君央求地說。

「不要啦！很害羞耶！」我阻止地說。

「沒關係啦！讓晏君分享我們的喜悅也很好呀！」子軒說。

「對嘛！」晏君附和的說。

「子軒！你到底是誰的男朋友呀？」我哀嚎的說。

「呵，當然是妳的呀！所以，我想把成為妳男朋友的喜悅讓所有認識的人知道。」子軒微笑回答。

「那快說吧！」晏君催促地說。

「我告白後，心裡七上八下的等待著，以為小芙就要回答時，她卻打翻了咖啡……」子軒開始說了起來。

這讓我想起那天子軒的告白。

打翻咖啡後，我連忙道歉，接著拿出包包裡的面紙把桌面擦拭乾淨，這時，店長從店裡拿出拖把，子軒想幫忙，但店長回答：「你們應該有更重要的事情吧？這個我來就好。」

「不好意思。」我說對店長說。

「謝謝。」子軒則這樣說。

「要再買一杯嗎？」子軒問我。

「不用麻煩了。」我回答。

「那……小芙的答案呢？」子軒神情不安的問。

「……如果我討厭子軒的話，當初你搭訕我時，我就不會給你電話了，也不會答應跟你約會，所以，我……」我說到這兒，停頓了下來。

天呀！心跳怎麼會這麼快，怎麼能這麼緊張！？

「所以？」子軒追問。

「唉呦～人家都已經這樣說了，你還聽不懂呀！」我害羞的說。

「對不起，我對這方面比較遲鈍一點……」子軒道歉的說。

「就是、就是之所以會給你電話，又答應跟你約會，是因為我也……也喜歡子軒……」說完，我感到雙頰發熱，我想這時候我的臉一定紅的像熟透的蘋果吧？

子軒聽完，不安的神情一掃而空，嘴角上揚，然後握住了我的手。

「能遇見小芙，然後喜歡上妳，我真是太幸運了。」子軒微笑的對我說。

「嘻，我也是。」我靦腆的笑著。

「想到未來的日子裡，都能和小芙在一起，我就感到超級幸福。」子軒說。

「嘻，真的有那麼幸福嗎？」我開心的問。

「當然囉！小芙，以後我們要經常來這邊喝咖啡，一遍又一遍的複習著我們的相遇、相知、相愛，才不會將現在的幸福遺忘。」子軒提議的說。

「嗯，我贊成！」我很快地回答。

「從現在開始，小芙，我是妳的男朋友子軒，請多指教！」子軒說。

「嘻，子軒，我是你最可愛的女朋友小芙，今後，就拜託你

了！」我滿心歡喜地說。

　　說完，我瞥見在不遠處的帥哥店長，正微笑的望著我們。

　　「哇！甜蜜成這樣，這閃光已經不是墨鏡抵擋得住了！簡直就是 γ-ray，必須要用一公尺以上的水泥牆才擋得住！」晏君聽完之後，叫嚷的說。

　　「晏君，小聲一點啦！」我難為情的說。

　　「咦？晏君也知道 γ-ray 呀？它可是所有 Radiation 裡穿透力最強的。」子軒感興趣的問。

　　「子軒，晏君的重點又不是 γ-ray……」我說。

　　「哈，聽到自己專業的東西就忍不住要解釋一下。」子軒乾笑的說。

　　「我現在知道，你們為什麼會成為一對了！」晏君突然的說。

　　「咦？為什麼？」我問，子軒也好奇地望著晏君。

　　「因為，你們兩個都是『天然呆』呀，正好湊一對。」晏君說。

　　「天然呆？」子軒困惑的問。

　　「就是好傻、好天真呀！」晏君說完，笑了起來。

　　「人家那有呀？」我反駁的說。

　　「唉呦～我可是在稱讚你們可愛耶！」晏君解釋的說。

　　等我們聊完，已經是下午茶時間了，但我們一點也不介意。

　　我和子軒的愛情故事，就這樣從7-11展開了，至於故事的結局會如何，說真的，我也不知道。

　　不過，我想，只要我和子軒都還記得初相遇的幸福與雀躍，那麼，我們的故事，就能繼續下去，直到我們年華老去……

　　「不過，子軒要答應我一件事情……」我對子軒說。

　　「什麼事？」子軒問。

「以後，絕對不能再跟其他女孩搭訕喔！」我擔心的說。

「遵命！」子軒笑著說。

當愛情來敲門時，我們得用力把他抓住，否則很快就會消逝無蹤。

而且有時，愛情是需要一點策略和一些厚臉皮的。

聿丞

五月，天氣逐漸變得炎熱，時節就快進入夏季。

店裡的飲料、冰品開始變得暢銷，再過不久，大概又要和其他連鎖便利店打起夏日戰爭，比起第二件六折，或許人們比較偏好抽抽看能打幾折吧？

最近，店裡上演了幾個故事，旁觀者的我，真心希望他們的故事，都能有個好結局。

至少，不會像我和芷榆的故事，只有開始，沒有結束。

更不像我和小晴的故事，沒有開始。

兩個禮拜前，有個男孩在店裡從下午等到深夜，但他等的人並沒有出現。

「不好意思，我有事想拜託你。」男孩到櫃檯這樣對我說。

「什麼事？」我問。

「其實，我在等個女孩，但她今天大概不會來了，而我得離開這裡，本想在離開前，把這東西交給她……」男孩說完望著右手提著的袋子發呆。

「所以？」我再問，因為已經是深夜，所以店裡沒什麼人。

「我想她明、後天應該會來這裡，到時能請你把這袋子交給她嗎？我知道這要求很無理，但還是厚著臉皮請你幫忙……」男孩懇求地說。

換作以前的我，芷榆和小晴離開前的我，或許不會答應，但現在，我的心境已經不同。

因為自己的故事沒了後續，所以我想幫忙，讓大家都能擁有美麗的故事。

「可以，但你得告訴我該怎麼認出她。」我說。

或許沒料想到我會答應，男孩喜出望外地開始描述女孩的外表和

特質，從他的神情我可以感覺到，他真的很喜歡女孩。

「還有，她叫小雁。」

「嗯，我記住了，那你呢？」我問。

「我嗎？我叫阿謙。」男孩回答。

「或許她有重要的事耽擱了。」我說。

「嗯，或許吧，不過這樣也好，若她來了，我告訴了她我的心意，但明天，我們還是得分離……」他說。

「不遺憾嗎？」我問。

他苦笑了笑，回答：「遺憾，那也是沒有辦法的事……但至少，有人等到了。」

男孩指的是稍早前，另一個女孩等待的故事。

女孩是店裡的常客，經常在下午時分，跟個高大的男人一起來店裡，我跟男人攀談過，知道他是理財專員，名字叫做林秋廷，但對女孩卻一無所知。

女孩打扮得有如明星一般閃亮，六點前便出現在店裡，但名叫秋廷的男人卻沒出現，女孩一開始生氣地打著電話，後來便不打了，只是失神的望向店外。

「店長，那兩個客人從下午坐到現在耶，要不要跟他們說一下？」晚上八點多時，阿添這樣問我。

「店裡設置座位，本就是讓人坐的，你想跟客人說什麼？讓他們離開嗎？」我反問。

「也是齁……」阿添說完，便繼續整理貨架。

我原本十點下班，但我實在很想知道，他們的等待會不會有結果，所以，選擇了留下。

男人在11點多時出現，女孩的等待有了結果，這讓我和阿謙都感

到欣喜。

關於等待的故事，總該有人有好結果吧？否則，往後還有誰願意傻傻地等下去呢？

但從那天之後，似乎就再也沒見到他們來店裡了，發生了什麼事嗎？

後來，我將阿謙留下的東西交給了小雁，不曉得後來他們變得怎麼樣了？

幾天後，另一段故事上演，而且這回有了好結局。

幾個月前，從店裡飛奔出去追女孩的子軒，後來經常和女孩一起到店裡來買City Cafe，這一天，子軒選擇在店裡跟女孩告白。

7-11並不是個浪漫的地方，為什麼會在這裡表白呢？對此，我感到很困惑。不過，表白的場所顯然不是重點，彼此的心意才是最重要的，因為子軒的告白成功了。

重點是彼此喜歡，而不是浪漫。

親眼見證這段愛情故事的我，感到滿心歡喜，因為我看到了愛情的蹤影，雖然，祂尚未降臨在我的身上。

這些天，翻閱小晴的筆記本，已經成了種習慣。而漸漸的，我發現自己思念小晴的程度，竟超過了懷念自己與芷榆的過往。

「店長，我看還是徵新人吧！小晴應該是不會回來了。」阿添建議地說。

「不會回來了嗎？」我喃喃的說。

於是，店裡掛上了徵人廣告，這也代表，我接受了小晴不會再回來的事實。

真傷腦筋，怎麼能就這樣消失呢？我還沒將筆記本還給小晴呢……

當我將徵人廣告掛上去那瞬間，忽然有股遺憾的感覺不斷從心底升起。

　　「不遺憾嗎？」我曾這麼問過阿謙，現在我問我自己。

　　我望著筆記本的封面發呆，上頭小晴用娟秀的字跡寫著「李思晴」。

　　是呀，我感到遺憾，因為小晴不會再回來了！而我，希望小晴能回到我身邊……

　　「阿添，你來顧店，我出去一下！」說完，我便拿著筆記本衝出了店外。

　　「店長！你要去哪呀？只有我一個人忙不過來啦！」阿添急忙的說。

　　二十分鐘後，我出現在大學母校的校園裡。

　　望著揹背包、騎腳踏車，輕鬆談笑的學生們，幾年前，我還是他們的一分子，現在我成了7-11的店長，努力促銷著各式各樣的產品，但關於大學時的記憶，好像才是昨天的事情。

　　我朝著幾年前，我和小晴相遇的通識教室走去，一路上看見的學生不多，大概正值上課時間吧，不久後，我停在 一扇銀色大門前，記得，就是在這間教室，撿到小晴的筆記本。

　　這樣奇妙的相遇，若在偶像劇裡，該會是個愛情故事的序章，但我和小晴相遇後，我只是將筆記本還給了她，然後，她對我說了聲謝謝。

　　什麼也沒發生，那次的相遇對我和小晴來說，只是個生活中的小插曲。

　　最近我常想，若當時我的身邊沒有芷榆，我會跟小晴要聯絡方式

嗎？後來，故事會有所不同嗎？

　　我推開銀色大門，裡頭空蕩蕩的，看來今天下午通識教室並沒有課，我緩步走向記憶中，撿到小晴筆記本的位置，然後坐了下來。

　　我不知道，為什麼自己會突然想到這裡來，大概是覺得來到這兒，就能稍微接近小晴一點吧？

　　工作一向負責認真的小晴，為什麼會不由分說的突然消失呢？我一直想不明白，也擔心她是不是發生了什麼事情。

　　「不過，我跟這筆記本還真有緣，居然被我撿到了兩次……」我喃喃的說，偌大的通識教室裡，響著我空蕩蕩的聲音。

　　跟兩年多前一樣，我隨意的翻著筆記本，只是當時，我等著筆記本的主人前來，而現在，我在等著什麼呢？

　　筆記本的主人，已經不會再回來了。

　　「咦！？」翻著筆記本時，我發現個奇特的地方。

　　記得兩年多前，筆記本的最後一頁，小晴抄寫著經濟學原理「邊際效應」的重點，而現在，筆記本的最後一頁，依然是邊際效應。

　　這代表，小晴在那之後，就再也沒有使用過筆記本。那麼，既然不再使用了，為什麼還留到現在？甚至遺落在店裡？

　　我想到了個令自己感到雀躍的可能性。

　　難道，這筆記本對小晴來說，具有特別意義，所以，她才捨不得寫，也捨不得丟，一直留在身邊嗎？若小晴這麼在意筆記本，那代表，她也很在意我們當時的相遇？

　　不過，我為什麼會對這樣的可能性感到雀躍？

　　這時，銀色大門發出了聲響，有人推開門，走了進來。

　　女孩走進來後，有些失神的望著我，而我也回望著女孩。

　　到底需要多少緣分，才能夠在同一個地方再相遇？

兩次等待，兩次都等到了筆記本的主人，而見到筆記本主人的瞬間，我的心裡再也沒有困惑。

原來在我和小晴初相遇時，喜歡的種子就已經萌芽了，只是當時的我，不能喜歡。

再次相遇的場景與對話，幾乎跟兩年前一模一樣，除了……

「可以的話，能留一下妳的聯絡方式嗎？」把筆記本還給小晴後，我對她說出兩年前原本想說，最後卻沒說的話。

小晴愣了愣，沒有回答，我們之間陷入短暫的沉默。

「我以為妳不記得了。」一會兒後，我打破沉默地說。

「嗯？」小晴疑惑的望著我。

「我在這裡撿到妳筆記本的事。」

「我記得，為什麼覺得我忘了？」小晴反問。

「因為妳來應徵時，並沒提起這件事。」

「聿丞學長，你也沒提起呀，我一個女孩，怎麼好意思主動提起呢？」小晴抱怨的說。

「也對，真抱歉，是我該主動提起才對，但那時我擔心若妳忘了這件事，那我就會變成藉機搭訕的店長，所以，才打消念頭。」

「不過，就算當時我們有人提起了，後來我們會有什麼不同嗎？」小晴問。

我想了想，回答：「不會。」

因為，我當時身邊有芷榆在。

「沒想到妳一直留著這筆記本。」短暫沉默後，我提了另一個話題。

「嗯，因為對我來說，是很重要的回憶。」小晴說。

「很重要的回憶……」我覆誦的說，想著小晴話中含意。

「是呀。」小晴應了應。

「小晴……」我喚了喚她。

「嗯？」

「為什麼突然不來店裡了？」我問。

「因為不想見到你。」小晴回答。

「啊！？」原來小晴這麼討厭我？我還以為小晴會把筆記本當成重要回憶，是因為對我有好感。

「不想再見到，因為芷榆學姊獨自神傷的你。」

「……」我沉默，沒有回答。

小晴，經歷過那段傷心、難過的日子後，我已經沒關係了。

「還記得這手鍊嗎？」小晴把手舉到我面前問。

「這是……白色情人節那天，我送妳的那條手鍊？」我回答。

「嗯。」

「我記得當時老闆好像還說，這手鍊有個跟它一對的戒指，真可惜當時沒買下來。」我說。

「嗯……」小晴若有所思的說。

「小晴……」我又喚了喚她。

「嗯？」她應了應。

「不回來嗎？大家都很想妳呢。」

「大家？誰呢？」小晴反問。

「就阿添、小羅、阿肥……還有我。」我把自己擺在最後，這樣應該不會很明顯。

「呵，聿丞學長也會想我嗎？」小晴笑著問。

「當然囉，正妹人人愛嘛！」我套用阿添的說法。

「就只因為這樣？」小晴追問。

「呃……」我一時之間回答不出。

「那我不回去了。」小晴說。

「啊？怎麼這樣。」我失望的說。

「呵，這麼希望我回去嗎？」小晴笑著說。

「嗯。」我點頭。

「可以是可以，但我有條件……」小晴說到這兒，停了下來。

「什麼條件？」我好奇的問。

小晴像做了個重大決定似的深吸了口氣，接著打開包包，從裡頭拿出了個幾公分見方的小盒子。

「這是？」我困惑的問。

「打開看看。」小晴說。

我將盒子打開，裡頭是個銀色戒指，造型和小晴手鍊有些像。

「這戒指跟手鍊是一對的，乾脆一起買，當你們『定情之物』好了。」記得當時老闆是這樣說的。

這不就是白色情人節那天，老闆推薦和手鍊一對的戒指嗎？

所以，小晴的條件是？

我看向小晴，她正害羞的望著我，然後，低下頭去。

阿謙

　　成為大學新鮮人，已經一個月了。

　　國、高中時，常聽老師們說大學生活多采多姿，是人生的黃金歲月，要我們記得好好享受。如今親身體驗，才明白老師們話中含意。

　　第一次離家、第一次當住宿生、第一次掌管自己的伙食開銷、第一次擁有提款卡、第一次自己選課、選社團與決定參加各種活動。

　　還有，第一次擁有談戀愛、不受干涉的權利。

　　「這禮拜六跟中文系聯誼，去嗎？」負責辦聯誼的同學這樣問我。

　　「我有事呢，你們去吧。」我拒絕的說。

　　與其他對聯誼擁有高度興趣的男同學相比，我顯得興致缺缺，不是我不想戀愛，而是我心裡住了個人。

　　那天，雖然我等了一整個晚上，但小雁最後還是沒來。

　　如小雁預測的，我上了台大，但我的第一志願其實並不是這裡，而是小雁在的學校。

　　只要小雁在哪兒，我就去哪兒，原本是這樣決定的。

　　搬家後，因為要配合家人網內互打的機制，手機門號也跟著換了，高中時沒有手機的小雁，再也沒機會打給我了。

　　就這樣，我和小雁輕易地失去了聯絡，有時會覺得，連繫著人與人之間的那條線，還真是脆弱。

　　現在小雁，唸了哪所大學呢？

　　我在校園裡閒晃，逛到學校的排球場，女排校隊正在練習A式快攻，因為小雁，所以我還算了解排球。

　　遠遠看去，有個身材高佻的女孩正在練習扣殺，那身影看起來還真像小雁，雖然知道不可能，但我還是跑步向前，想看看那女孩是不是小雁。

結果當然令自己失望，只是身形像而已，話說回來，打排球的女孩，大多是身形高佻瘦長的……我不禁啞然失笑，因為思念小雁，所以把每個女孩都看成了她。

　　我參加了個服務性社團，因為社團活動，我和社團的朋友們偶爾得到各地教國中、小的小朋友念書，十月連假時，我們來到了我和小雁生長的城市。

　　「在高三畢業前，我都住這兒。」我對其他社團朋友說。

　　「那正好，教完小朋友念書，就拜託你當地陪，帶我們到處逛逛囉。」有個朋友這樣說。

　　「好呀。」

　　我帶著社團朋友在自己生長的城市悠閒地逛著，若說這城市有什麼讓我懷念的地方，大概就是我的舊家、小雁的家、和小雁一起念的學校，還有最後讓我等了一整個晚上的7-11。

　　帶朋友逛完，一起回到營本部，見到幾部腳踏車停在營本部前。

　　「腳踏車，誰的呢？」我問留守營本部的社團朋友。

　　「好像是借來的，聽說晚上活動要用。」他回答。

　　望著腳踏車，我想起半年多前，那段總和小雁一起騎車回家的日子，當時，真是幸福。

　　「嗯，借我騎一下。」我對他說完，跨上腳踏車，朝我懷念的地方騎去。

　　先到了舊家，那裡沒什麼變，到目前為止還沒賣出，可惜沒帶鑰匙，沒辦法開門進去。

　　以前經常去的小雁家，看起來也沒變，但現在小雁該到某個地方念大學，已經不在裡頭了。

　　我和小雁一起念過的學校，也跟以前一樣，只是正值放假，裡頭

沒有學生，回想起自己曾和小雁一起度過的國、高中時光，便後悔起，為何自己這麼溫吞，一直沒跟小雁表明心意，直到要離開了，才想告訴她，但最後卻陰錯陽差地錯過了。

「不曉得店長後來有沒有把巧克力交給小雁⋯⋯」我喃喃的說。

我把腳踏車停在7-11店門口，整家店看起來沒什麼不同，除了集點活動換了好幾個之外，但我和小雁卻已分開了半年。

我緩步走進店裡，櫃台結帳的店員是沒見過的生面孔，大概是新來的工讀生。

我往販賣金莎巧克力的架上走去，見到了正在整理貨架的店長，心裡升起了懷念的感覺。我在店長身旁靜靜站著，直到他發現我為止。

「您好，歡迎光臨⋯⋯」他禮貌性地說完後，表情由困惑轉為恍然大悟。

「你是⋯⋯阿謙？」他不確定的問。

「是呀，店長還記得我？」我感到很高興，因為在我和小雁發生故事的地方，有人記得我。

「從傍晚等到深夜，最後還拜託我轉交東西的客人，是很難忘記的。」店長笑著說。

「真是不好意思。」我道歉的說。

「沒關係的⋯⋯對了！小雁隔天就來店裡，我也把東西交給她了。」店長主動告訴我。

「是嗎？小雁她有說什麼嗎？」我問。

「只說了謝謝。」店長的回答讓我感到失望，收到我離開前送的巧克力，小雁一點感覺也沒有嗎？

「不過，從她的神情看來，她收到你給她的東西，似乎感到很驚訝。」店長補充的說。

「很驚訝……」我思考著小雁感到驚訝的原因是什麼。

「聿丞學長，送貨車到了，該去點貨了。」身旁突然有個好聽的聲音響起，我轉過頭去，發現是之前那個臉上有著梨窩的可愛店員。

「我知道了。不過小晴……不是要妳叫我聿丞了嗎？怎麼還叫聿丞學長？」店長對她說，我發現店長的手上戴著個漂亮的銀戒指。

「人家一時改不過來嘛！」名叫小晴的女孩皺著眉說，她的手腕閃著一條銀色手鍊，造型跟店長的戒指很類似。

「都好幾個月了耶！」店長微笑說完，接著說：「好啦，妳開心就好，反正之後還有很多時間可以慢慢改的。」

「呵，是呀。」她微笑說完，往裡頭走去。

「女朋友？」我問。

「嗯。」店長微笑的點了點頭。

「看起來很幸福。」我羨慕的說。

「是呀，但在四月的時候，我一度認為自己是世上最不幸的人，因為喜歡了好多年的女孩離開了我，而小晴，就是我現在的女朋友，也在不久後離開店裡，我跟你一樣，能做的就只有等待而已……」店長說到這兒，停了下來。

「但你等到了。」我說。

「不，我並沒有等到她……」店長搖了搖頭，接著告訴我，她和小晴的故事。

原來，這世上還有這麼巧的事情。

「有時，當你以為故事已經結束，一下子卻以不可思議的方式繼續下去。」店長微笑的說。

「是嗎？」我說。

「嗯，生命是很奇妙的，或許你和小雁的故事也會這樣。」店長

說。

「希望如此。」我說。

但如今，我要到哪裡找尋小雁，讓故事繼續呢？

「叮咚」一聲，店門外走進兩個女孩，其中身材高佻的女孩，擁有我再熟悉不過的身影。

因為思念小雁，而把每個女孩都看成小雁的日子，究竟要持續到什麼時候？

但她實在太像小雁了……

我失神的望著女孩，發覺女孩也正驚訝的看著我。

故事，以無預警的方式突然寫下了續章。

依依

最近，我把《我可能不會愛你》又看了一遍，也好好哭了一回。

「依依，妳怎麼了？分行有人欺負妳嗎？」爹地關心的問。

我搖了搖頭。

「那為什麼哭得這麼傷心？」爹地又問。

「是因為劇情太感人了。」我回答。

爹地默默地望著我，接著說：「感動只會讓人流淚，但不會傷心……」爹地說完頓了頓，接著說：「妳看起來很傷心，能告訴爹地怎麼了嗎？」

「……」我沉默的望著爹地，沒有回答。

「等妳心情平復了些，那時再告訴我吧。」爹地說。

其實，當初我只是覺得有趣，也厭倦了一成不變的社交圈，才會到分行工作，體驗一下基層員工的生活。

沒想到會遇見秋廷前輩，更沒想到自己會無法自拔的喜歡上他，但秋廷前輩喜歡的人卻不是我。

明明是最後一次約會了，秋廷前輩卻讓我一個人在7-11等了又等，打手機給他也沒接，最後，我打回分行。

「喔，是依依呀，妳找秋廷嗎？他人是還在分行啦！但他現在可能分不開身喔！因為他正面臨美人關的考驗……」分行同事這樣告訴我，還描述了秋廷前輩和樂兒在一起的模樣，我聽完心都碎了。

寧願讓我等待，也要跟樂兒在一起嗎？答案很明顯了，因為，樂兒和秋廷前輩有著過往的羈絆，但我沒有。

在原本的社交圈，男生們常稱讚我漂亮、可愛，爭先恐後地追求我，讓我以為自己很受歡迎，但如今想來，他們所追求的，或許不只是我，還有爹地在銀行界呼風喚雨的實力。

我喜歡秋廷前輩，但秋廷前輩卻選擇了樂兒，所以，我決定回到

我的世界，華而不實的上流社交圈。

離別前，我給了秋廷前輩一張卡片，寫下了我的心意，若他仔細看了那部戲，應該就會明白。

不曉得秋廷前輩現在明白了嗎？過得好嗎？克服恐女症了嗎？業績變好了嗎？和樂兒過得幸福嗎？

「小姐，這是晚上穿的禮服，我先放這了。」管家把衣服掛在衣架上，鞠躬後便退了出去。

離開分行、回到千金小姐的無趣生活，也已經半年了。通常每隔幾天，我就得出席宴會，宴會裡眾人穿著漂亮體面的西裝與禮服，說著得體的話語，喝著上好的香檳與紅酒，談論著投資、音樂、舞蹈與戲劇，但卻感受不到一點真心。

我好想念在分行工作的日子，更想念秋廷前輩，和與他一起在7-11度過的時光。秋廷前輩是個實在的人，苦惱時就皺起眉頭、快樂時就大聲地笑，跟他一起，我感到很自在、快樂。

今晚的宴會也和往常一樣無聊、煩悶，正當我想藉機開溜時，發現在門口有個穿著燕尾服的體面男生，也鬼鬼祟祟地轉開門把，像深怕被人發現似的。

更重要的是，我覺得他看起來很眼熟，但卻記不得在哪場宴會中曾見過他，好奇的我，跟著他溜出了會場。

「喂！宴會都還沒結束，就想開溜呀！」我故意在他背後嚇唬地說。

他聽完，立刻轉過身來，驚訝且困惑地望著我。

「啊！店長！？」我驚呼。

「咦！？妳叫我店長……」他似乎感到很驚訝。

眼前這個身穿燕尾服的男人，就是我和秋廷前輩經常去的7-11店

長，但他怎麼會來參加宴會呢？

　　接著，我稍微解釋了一下自己是誰，說我曾撿到他掉落的筆記本，還有，曾在店裡等了一個晚上。

　　「喔！原來是妳呀，不過妳們後來好像就沒再一起到店裡來了。」他說。

　　「嗯，因為我離職了。」我回答，接著跟他解釋了一下基層員工體驗的事。

　　「原來如此，那時我就覺得妳看起來不像是銀行理專，倒像是千金小姐。」他說。

　　「是嗎？不過店長，你怎麼會來參加宴會呢？」我好奇的問。

　　「這個嘛～」

　　原來店長的父親也是有來頭的人物，所以，他才能這麼年輕就自己開店，大部分資金是由他父親資助的。

　　「我從以前就討厭這種宴會，找遍理由不來參加，但這次宴會是我爸主辦的，無奈之下只好來了，但實在是受不了，準備開溜時正好被妳抓到了。」他無奈的笑著說。

　　接著，我們聊了起來，我問了我很關心的問題。

　　「筆記本的主人，就是那個有著可愛梨渦的女孩，她回來了嗎？」

　　店長聽完，微笑了起來。

　　「嗯。」他點了點頭。

　　「真的嗎？那太好了！」我高興的說。

　　「是呀。」店長點了點頭，一臉幸福的模樣讓人羨慕。

　　「對了，妳的名字是依依吧？」店長有些突然地問。

　　「咦？你怎麼知道，我沒告訴過你吧？」我疑惑地問。

「嗯，是他告訴我的。」店長回答。

「他？」

「秋廷先生。」店長回答，由其他人口中再次聽到他的名字，有種奇妙的感覺。

「原來是秋廷前輩……」我喃喃的說，至少我在秋廷前輩的心中，還留下了名字。

「雖然我不明白那天晚上發生了什麼事，不過之後，他來了好幾次，問我妳有沒有來過店裡，感覺起來，他應該很在意妳。」店長說。

「很在意我……」我喃喃的說，但他更在意樂兒吧？

「依依，有時妳以為事情是那樣，但實際上卻不一定是那樣。」店長說。

「什麼意思？」

「妳喜歡秋廷先生吧？」店長直接地問。

「啊！？我……」突然被說中心事，我窘得不知如何是好。

「妳確認過他的心意嗎？」店長又問。

我沉默地搖了搖頭。

「與其來參加這種無聊的宴會，不如去確認一下他的心意。」店長爽朗的笑著說。

接下來幾天，店長的話一直縈繞在我心頭，我不該沒確認秋廷前輩的心意，就匆匆離開嗎？

但當時，我只要一想到自己得在分行，見證秋廷前輩和樂兒的幸福模樣，就難過的掉眼淚，除了離開，還有別的選擇嗎？

「有時妳以為事情是那樣，但實際上卻不一定是那樣。」店長是這麼告訴我的。

《我可能不能愛妳》裡，Maggie也是確認了大仁哥的心意後，才選

擇放手的，而我什麼都沒問，就那樣離開了……

　　現在，還來得及嗎？

小雁

　　抱著書悠閒地走在大學校園裡，是我小時候的夢想，但真正實現時，卻有些不同。

　　「小雁，那兒好像有活動耶，要不要去看看？」室友小玗問我。

　　「好呀。」我點點頭，抱著排球跟小玗一起走了過去，比起書，我接觸排球的時間更多些，這是第一個不同。

　　攤位上的海報寫著「花語寄情」活動，是各大學學生會聯合舉辦的，小玗興匆匆地說她要參加。

　　「小玗，有對象想送？」我好奇的問。

　　「嗯。」她點點頭。

　　「是喜歡的男生？」我再問。

　　「一個還滿欣賞的男生……」她害羞地說，臉有些紅了。

　　「是嗎？真好呢。」我喃喃的說。

　　「小雁呢？有想送的人嗎？」她問。

　　我微笑，沒有回答。

　　即使想送，我也不曉得阿謙人在哪兒，花語寄情，我的心意要寄向何處？

　　身邊沒有阿謙的陪伴，這是第二個不同，也是最大的不同。

　　好不容易靠著排球升上大學，但阿謙卻從自己身邊消失了，原本夢想的大學生活頓時失去了色彩。

　　除了練球外，因為保送名門大學，在課業上我得更加把勁，才不至於落後其他同學太多，所以，到目前為止，我還沒缺席過任何一堂課。

　　「小雁，週末社團出遊，妳要去嗎？」室友小玗問我，她和我參加了同個社團——自行車社，小玗是為了多運動瘦身，而我，則是為了懷念那段和阿謙一起騎腳踏車回家的日子。

「大概不會吧，我打算回家一趟。」我回答。

「這樣就沒人陪我一起騎了。」小玕失望的說。

「不好意思。」我道歉的說，因為我太了解沒人陪自己騎腳踏車的孤寂，若知道阿謙會突然消失，當初就不該把喜歡他的心意深埋心底。

如今，只剩下當初我沒能收下的巧克力，和無盡的思念。

「小雁，妳這巧克力好像很久了耶！若不想吃就丟了吧！」回家後，媽咪見我帶回來的巧克力，這樣對我說。

我查了網路資料後，買了個真空罐，把巧克力裝了進去，心想這樣能讓巧克力保存的久一些。

「嗯，過一陣子再說吧。」我回答。

不管用什麼辦法，讓巧克力保存的再久，總有一天，還是得丟掉的吧？

但六年來，始終默默放在心上的阿謙，要到哪一天才能將他拋開呢？

「媽咪，我的腳踏車呢？」我問。

「因為沒人在騎，所以，放後院去了。」媽咪回答。

決定念哪間大學前，我問爸媽，知不知道阿謙家搬到哪兒去，他們只知道好像搬到北部。所以，我選了北部的大學，若能更接近阿謙一點，或許就有相遇的機會。

但當你真正想遇見一個人時，才會感覺到，台灣其實沒自己想像的那樣小。

我騎著腳踏車，沿著熟悉的街道，緩緩地騎到高中母校，高中時才察覺到自己喜歡阿謙的我，以為和阿謙一起騎腳踏車回家的幸福會一直持續下去，但最後那幸福卻無聲無息的消逝……

「小雁姊姊！」我來到活動中心時，聽到個熟悉的聲音叫喚我。

「咦！？小遙？」我順著聲音傳來的方向望去，見到了張熟悉的可愛笑臉。

小遙說熱音社趁著這回連假到校練習，準備在下回的比賽大展身手。小遙參加選秀節目，最後雖然遭到淘汰，但已經是小有名氣的學生歌手了。

「小雁姊姊，大學生活如何呢？」小遙問。

「還不錯呀。」

「有男朋友了嗎？」

「呃，還沒有。」我回答，小遙問的也太直接了。

「唉，都是謙哥哥的錯。」小遙嘆氣的說。

「怎麼突然怪起他來呢？」我好奇地說。

「因為，他什麼也沒說，就把小雁姊姊拋下了呀！害得小雁姊姊到現在還忘不了他。」小遙嘟嘴的說。

「我哪有忘不了他呀。」我反駁的說。

「呵，好啦！沒有、沒有。嗯，我練歌練到口好渴喔，小雁姐姐陪我去買飲料吧！」小遙央求的笑著說，我相信沒人能抵擋這可愛的笑容。

我載著小遙，在一家7-11前停了下來，小遙就要往店裡走，但我卻停下了腳步。

「小雁姊姊，怎麼了？」小遙回過頭來，奇怪的問。

「沒什麼。」我微笑地搖搖頭後，便跟在小遙身後，往店門走去。

因為，我想起了，在裡頭和阿謙發生過的點點滴滴，還有想像中阿謙等待著我的孤獨身影。

「不過，謙哥哥最後在裡頭等小雁姐姐時，到底想說些什麼呢？」小遙喃喃說著。

「誰知道呢？」我無奈的笑了笑，是呀，我也想知道，但這大概是個永遠解不開的謎了。

「叮咚」一聲，我和小遙並肩走進了店裡。

「歡迎光臨！」

熟悉的擺設、熟悉的店員和熟悉的歡迎光臨，唯一不熟悉的是，阿謙已經不在身邊了……

咦！？阿謙不是已經離開了嗎？那麼，站在櫃檯前的男生，他又是誰呢？

「謙哥哥！」小遙驚呼。

櫃台前的男生先是睜大雙眼望著我們，接著他深吸了口氣，緩緩朝我們走來。

「小遙，好久不見了。」他對小遙說。

「哼，你這狠心的人，說走就走，連聲招呼都沒打……」小遙後來說了些什麼，我沒聽清楚，因為我整個人全亂了套，他真的是阿謙嗎？

當初消失的那麼突然，讓我半年來只能獨自神傷，現在又突然出現在我面前，擾亂我逐漸平靜的心情，為什麼你要這樣？為什麼要讓我這麼難過？為什麼要這樣對我？

「謙哥哥那天到底想說什麼，現在能知道了。」小遙在我耳邊說完，接著對他說：「我暫時把小雁姐姐交給你，別再讓小雁姐姐難過了。」

小遙離開後，我和他陷入了短暫的沉默。

「小雁，這半年，妳過得好嗎？」他打破沉默地問。

我低下頭去，想起半年來的思念心情，感覺鼻子酸酸的，水分開始往眼睛集中。

　　「小雁，妳……妳哭了！？都是我不好，妳別哭了……」他慌張地說。

　　我成了店裡讓人注目的焦點，但淚水卻怎麼也停不下來。

　　「為什麼不說一句話就消失？為什麼連手機號碼也換掉？為什麼要讓我完全找不到你？為什麼要這樣對我！？」說完，我的情緒決了堤，嚎啕大哭了起來。

　　接著我感覺自己被人摟進懷裡，緊緊的抱住。

　　「小雁，對不起！都是我不好！害得妳這麼難過！」他在我耳邊不停說著。

　　等我情緒平復下來，已經是半小時後的事情了，店長體貼的送來面紙，哭腫雙眼的我突然覺得好丟臉。

　　「還好嗎？」阿謙擔心的問。

　　「……」我沒有回答，因為我還是很混亂，一直放在心上的阿謙，突然出現在自己面前，我應該高興才對，怎麼反而哭得唏哩嘩啦？

　　「小雁，都是我不好，但我不是故意不告而別，那天晚上，我等了很久……」阿謙說到這兒停了下來，無奈的望著我。

　　「因為那天，發生了點事……」接著，我把那天，自己因為舊傷復發而住院的事簡略的告訴了他。

　　「什麼！？舊傷復發！？那現在復原了嗎！？還會痛嗎！？」阿謙神色緊張的問，接著立刻蹲下身子查看我的腳踝。

　　「都半年多前了，已經不要緊了啦！」我連忙阻止的說。

　　「是嗎？那就好。」阿謙聽完像是鬆了口氣，看來，他真的很在

乎我。

「為什麼那晚，你手機都打不通？」我問。

「因為沒電了，本想回去拿充電器或行動電源，但又怕像電視劇演的，我離開時妳剛好就來了，所以，只好死命的等下去……」阿謙回答。

「那為什麼後來連手機號碼也換了？」我再問。

「全家一起換的，說這樣通話比較便宜……」

「哼！都是些爛理由！」我生氣的說。

雖然很喜歡他，但他的不告而別，讓我傷心難過了這麼久，怎麼能輕易的原諒他呢？那不是太沒志氣了嗎？

「是我不對，當時早點跟妳說就好了……」阿謙說，看起來很喪氣。

「早點跟我說？說什麼？」我問。

「因為我爸要調職，所以得搬家的事情。」阿謙回答。

「對呀！為什麼不早點跟我說！？」我怪罪的問。

「因為……在得知得離開之前，我原本想告訴妳的，是另一件事……但若告訴了妳，後來卻不得不離開，那麼或許不告訴妳會比較好……因為這樣反覆思索，所以一直沒能說出口。」阿謙回答，但卻回答得不清不楚。

「另一件事？在講什麼？完全聽不懂！」我沒好氣的說。

「就是那天，我在這裡想告訴妳的事。」阿謙說。

如小遙說的，我也很想知道，阿謙那晚沒能對我說的，到底是什麼？

「……」我沉默地望著阿謙，等他準備好告訴我，那晚沒能對我說的話。

阿謙深吸了口氣後，終於開了口。

「小雁，我喜歡妳。」他語氣堅定地說。

「啊！？」我結結實實的嚇了一跳，要告白前，不都要鋪陳一下，培養情緒，直到有那種氣氛再順勢說出來的嗎？哪有人這麼直接的呀！？阿謙怎麼會楞成這樣？難道連告白都要我教他嗎？

不過，那些都不重要了！重點是，阿謙說他喜歡我！

「小雁，其實，我已經喜歡妳很久了，妳打球的樣子我很喜歡，妳不打球的樣子我也喜歡，只要一天沒見到妳，我就覺得整個人不對勁，所以，總是找藉口接近妳，去看妳練球，但妳練球受傷，我又感到很心疼……」阿謙說到這兒頓了頓。

我沒有回答，但心裡喜孜孜的。

「白色情人節那天，我送妳巧克力，本來是想告訴妳這些的，沒想到妳大發雷霆，我想妳應該是不喜歡我，所以就打消了主意，直到，我明白自己得離開妳身邊。有個聲音告訴我，反正都要離開了，之後就很難再見面，不如就把這分心情深埋心底，隨著歲月流逝，有一天總會釋懷。」

「原來你是這樣想的……」我喃喃的說。

「但另一個聲音告訴我，喜歡了這麼久，不該什麼都沒說，就默默離開，至少應該讓妳知道我的心意，至於結果會怎樣，就交給命運了。搬家前一天，我總算下定決心約妳出來，我帶著上回沒送出的巧克力，來到這裡等待，不過……卻沒等到妳，當時我想，或許是命運之神給的答案，告訴我，我該默默離開，將喜歡你的心情深埋心底，等待歲月流逝，直到釋懷的那一天。」阿謙說到這兒停了下來。

原來，阿謙喜歡我這麼久了，幾乎就跟我喜歡阿謙一樣久……

「小雁，但歲月流逝並沒能讓我將妳淡忘，反而更加思念，把所

有身形相似的女孩都看成是妳……小雁，這半年多來，我沒有一天不後悔當時為什麼沒有早點讓妳明白我的心意……」

阿謙，這段日子，我又何嘗不後悔呢？

「如今，命運之神安排我們在這裡相遇，一定是為了讓我告訴妳，那晚我沒能說出的話，小雁，我真的很喜歡妳，妳呢？」阿謙說完後，靜靜地望著我，神情有些忐忑。

原來，這半年，不好過的人除了我，還有阿謙。但兩個相愛的人，為什麼會讓彼此這麼難受？

因為，我們什麼都沒對對方說。

因為，我們太害怕付出，卻沒能得到回報。

「傻瓜，要是不在意你，剛剛我會哭得這麼傷心嗎？」我害羞的說。

「所以，小雁的意思是？」阿謙表情雀躍，但仍帶點困惑的問。

「這樣還不夠清楚嗎？」我皺眉的說。

「因為我比較遲鈍，所以小雁妳要說清楚一點……」阿謙露出抱歉的神情。

「人家……也……也喜歡你啦！」我說，怎麼能讓一個純情少女說出這麼難為情的話呢？不過是阿謙先告白的，我就吃點虧吧！

「呵……真的嗎？」阿謙笑得嘴都快裂到耳邊了。

「人家不理你了！」我羞得滿臉通紅，因為阿謙把我抱進他的懷裡，這是阿謙的第二次擁抱，很溫暖、很舒服。

我和阿謙又聊了一下，他問我何時喜歡上他的，我回答，大概是體育館他突然抱住我那時，他說，他更早。

之後，阿謙問我，他送給我的巧克力後來怎麼樣了，我說，放在真空罐裡，小心翼翼的保管著。

「不過這麼久了，應該不能吃了吧？」阿謙說。

「怎麼捨得吃呢？我要一輩子保存下來！」我說。

離開時，我們去向店長道謝，店長說了句奇妙的話。

「故事永遠以你想像不到的方式發生。」他說。

我和阿謙手牽著手走出店外，見到兩部腳踏車並排停著，一部是我騎來的，另一部是……

「小雁，妳騎腳踏車來？」阿謙表情驚訝的問。

「是呀。」我點頭。

「我也是呀。」阿謙指著另一部腳踏車。

望著眼前並排停著的腳踏車，我露出會心一笑，更相信這是上天安排的故事。

「和以前一樣，一起騎回家吧！」阿謙笑著說。

「嗯，好呀。」我微笑回答。

回家路上，沿途風景依舊，但心境卻大不相同。

「對了，小雁現在唸哪間大學？」阿謙問。

「因為我們球隊打進了總冠軍賽，所以靠著排球進了台大。」我回答。

「台大！？我也是呀！為什麼都沒遇到妳！？」阿謙大聲的說。

「阿謙也是！？」我既驚且惑的說。

後來才明白，原來我們在不同校區，所以很難遇見。

難道，這也是命運之神的安排？或是開的小玩笑？

不過，沒關係的，即使校區有點距離，但我和阿謙的心再也沒有距離了。

秋廷

上個月，我又重登分行業績前三名，但卻一點也不覺得高興。

「秋廷，你真是好命，每回你帶的新人都是正妹，上頭也太偏心了吧？」同事這麼說著。

「是嗎？」我微笑的說。

跟以前一樣，為了開發新客戶到處跑時，經常會過餐，偶爾會經過那家7-11。

「秋廷大哥，要不我們到那兒吃點東西、休息一下？」同事口中的新人正妹這樣問我。

我只是微笑的搖搖頭，然後提議去別的地方。

因為，去那兒會讓我想起依依，還有與她在那兒共度的美好時光。

半年前，樂兒調職，依依離職，好朋友和心愛的女孩同時離開了我，我難過了好一陣子，老後悔著為何沒能好好處理，最後把一切搞砸了。之後，我全心投入工作，讓自己忙到沒空想起依依，漸漸的，不再那麼難受了，或許，再沒什麼好失去的我，已經變得足夠勇敢。

不過，每當經過7-11時，我還是會想起依依，接著赫然發現，街上的7-11還真不少。

「秋廷大哥，前幾天有人來分行找你呢。」新人正妹這樣對我說，那時我剛結束三天的研習，從總行回來。

「誰？是客戶嗎？」我問。

「看起來不像，是個很可愛的女孩，穿著、打扮也很時尚，聽說你不在，好像很失望，便離開了。」她回答。

「很可愛的女孩……」我喃喃說完，開口問：「妳沒問她是誰嗎？」

「有呀，我還問她找你什麼事，她都沒有回答，只說是你的朋

友。」她回答。

難道，是依依嗎？

為了求證，我找了門口警衛、服務台人員和櫃檯行員，問他們這幾天有沒有見到依依，但得到的答案都是否定的。

也對，都半年了，依依若會出現，早該出現了，不會等到現在。

依依有男朋友，又是個大小姐，跟我是不同世界的人，雖然留給我的卡片中寫下好似喜歡我的訊息，但也只是一時的新鮮感吧？不然，也不會就這樣將我拋下，消失的無影無蹤。

不過，我卻無法輕易的將依依拋開，要將她的身影從心底完全抹去，還需要一段時間。

上禮拜，我到其他分行辦事時，遇見了樂兒。

「嗨，好久不見。」樂兒微笑的打著招呼。

「是呀，有半年了吧？」我說。

「聽說，你的業績又變好了？」樂兒問。

「嗯，是呀。」我回答。

「我的業績現在也很好喔。」樂兒說。

「是嗎，真是恭喜妳了。」我道賀的說。

「其實沒什麼好恭喜的，我因為失戀，所以只能寄情於工作。」樂兒說完頓了頓，接著說：「那你呢？你也是嗎？」

我苦笑的嘆了口氣，沒有回答。

「其實，你不該就這麼放棄的，像我一樣，至少為自己努力一次吧。」樂兒最後是這麼說的。

但即使我想努力，也沒有努力的方法。

明白來找我的女孩不是依依後，失望的我，愈發思念起她，因此，我去了那家充滿回憶的7-11。

「喔！？好久不見。」店長見到我，便微笑的說。

「店長，還記得我？」我問。

「因為秋廷先生是特別的客人。」店長微笑的說，他右手小指上戴著個銀色戒指，閃閃發亮的。

「依依，她最近有來嗎？」我不死心的問，同樣的問題，之前已經問過好幾遍。

「該怎麼說呢？依依小姐沒來這兒，不過我卻在某個地方曾見過她。」店長有些莫測高深的說。

「真的嗎？店長，你見過她！？」我喜出望外的問。

店長點了點頭。

「在哪見到的！？」我著急的問。

「在那之前，秋廷先生，你想當一次王子嗎？」店長微笑的問。

「啊？」

晚上，我去到店長說的地方，見到身穿華麗燕尾服的店長，他身旁站著的是臉上有著梨渦的可愛女孩，模樣有些熟悉，好像是7-11的正妹店員。

「秋廷先生，你今天晚上的身分是新加坡AIT集團的少東，記得了嗎？」店長對我說。

「啊？」雖然感到困惑，但店長說只要我完成今天晚上的事，他就會告訴我依依的訊息，再怎麼樣也要堅持下去。

接下來，有一批人湧了上來，替我換衣服、整理頭髮、上妝，一小時後，連我都快認不出鏡中的自己了。

「嘻，這王子倒是像模像樣的。」店長身邊的女孩微笑的說。

「到底要我做什麼呀？」我擔心的問。

「王子，當然是參加宴會，與公主相遇。」店長微笑的說。

我聽完，更糊塗了。

店長出示邀請函後，我跟著店長走進宴會場地，發覺自己根本是走進了另一個世界。

「聿丞呀！真難得你會來！這位是……」有個看著像公子哥的人走過來跟店長攀談。

「這位是新加坡AIT集團少東秋廷先生，這回是來考察台灣銀行業環境的。」店長替我介紹。

「原來如此。」他邊說邊伸出手來和我握手，我只得照做。

接著，我們聊起了台灣銀行業，我因為職業的關係，對台灣銀行業的環境和生態還算了解。

「想不到秋廷先生來台灣不久，就對台灣銀行生態了解如此透徹，真是不簡單呀！」他稱讚的說。

就這樣，店長帶著我在宴會裡招搖撞騙，我感到很不安，但店長好像很樂在其中，他告訴我，裝模作樣，就是宴會裡的真髓。

「但為什麼要這樣呢？」我困惑的問。

「秋廷先生，一個晚上下來，你不覺得這些人其實沒比你尊貴、也不比你高明，他們只是碰巧出生在有錢人家，只要有心，你也可以變成王子，你們的世界並沒什麼不同。」店長意味深長的說。

「或許吧……」我不置可否的說。

「接下來，就等公主出現了……」店長說。

這時，燈光突然暗了下來，聚光燈打向不遠處的樓梯處，一個中年紳士挽著個穿著白色晚禮服的女孩，從樓梯上緩緩走了下來。

「公主出現了，接下來就看王子的表現。」店長指著樓梯上的女孩對我說。

聽店長說完，我仔細一看，雖然女孩化了妝，但那模樣不就是我

始終放在心上的依依嗎？

　　我望向店長，店長微笑的指著依依說：「我就是在宴會裡，遇見依依小姐的。」

　　今晚，店長帶著不明就裡的我，闖進了上流社會的世界，進行一場華麗冒險。

　　即使在這屬於王子與公主的宴會裡，穿著白色晚禮服的依依，仍是裡頭最出色的。當她緩緩從旋轉梯走下時，時間彷彿靜止了，所有人都屏息以待，就像童話裡公主降臨般的光彩奪目。

　　我呆立原地，腦中飄過許多思緒。

　　半年了，終於又見到依依了。

　　依依，真的好美呀。

　　但她怎麼會在這裡出現？

　　「高層，這樣說來依依的後台很硬囉？」我問。

　　「那當然，你沒見她一副千金大小姐的模樣？」主管回答。

　　我想起了半年多前，跟主管的對話。

　　這樣看來，依依真的是個千金小姐，但一個千金小姐，為什麼會來分行當個小理專呢？

　　「發什麼呆呢？公主都出現了，王子還不快去迎接？」店長對我說。

　　「啊？可是……」我猶豫地說，身處於華麗世界的她，每天穿梭在開名車、戴名錶、衣著高貴的公子哥間，半年後的現在，還記得我嗎？還記得我們曾在7-11一同度過的時光嗎？

　　在我猶豫時，店長已經將我推到旋轉梯前，在我耳邊說：「依依這公主，即使在我們社交圈裡，也非常受歡迎，等待她的王子可不只

一、兩個，晚了，可就沒你的分。」

　　這時，依依挽著中年紳士的手走到旋轉梯前停了下來，我望著依依，不禁呆了，是因為思念還是時間，讓依依變得如此美麗耀眼？

　　店長點頭示意後，開口說：「依依小姐，這位是新加坡AIT集團少東秋廷先生，不曉得有沒有這榮幸，邀請妳跳今晚的第一支舞呢？」

　　原本無精打采的依依，聽店長說完後，很快地望向我，驚訝與憂傷神情同時上演。

　　依依，認出我來了嗎？還記得我是誰嗎？

　　中年紳士見到依依的神情後，微微一笑，輕握著依依的手，緩緩地交給了我。

　　而我，第一次牽起依依的手。

　　「你，就是那個人嗎？」中年紳士輕聲地說完，便與其他賓客寒暄了起來。

　　「王子和公主總算相遇了。」店長說完，便和身旁有著梨渦的可愛女孩走遠了。

　　我牽著依依柔嫩的手，望著依依的不解神情，一時之間不曉得如何是好，直到依依喚了喚我。

　　「秋廷前輩……」

　　「嗯。」我應了應，對依依還記得自己感到欣喜。

　　「看過《我可能不會愛你》了？」依依問。

　　「嗯。」我點頭。

　　「讀過卡片了嗎？」

　　「嗯。」我又點了點頭。

　　「那麼，大仁哥現在跟又青姐在一起了嗎？」依依神情憂傷的問，但我卻無法理解依依的問題。

「啊？依依，我不太懂。」我搖搖頭。

「如果可以，我也想參與秋廷前輩的過去，就像又青姐和大仁哥擁有的過往時光，但當我遇見你時，已經來不及了……」

「依依，沒關係的。」我安慰的說。

「我到分行找過你，但沒能見到你……」

「嗯。」我點點頭，原來依依來找過我，代表她是把我放在心上的。

「所以，我回到這華麗但不真實的世界，沒想到會在這裡與秋廷前輩相遇……」依依喃喃的說。

「我也沒想到，依依，這半年來，妳過得好嗎？」我問。

「秋廷前輩……」

「嗯？」

「我真的很想念，我們一起在7-11度過的時光。」依依說完望向我，眼裡有著期待。

「依依……」一時之間，我不曉得說什麼才好，要告訴她，其實，我也很想念嗎？但我只是個冒牌王子，有什麼資格那樣說呢？

不管我怎麼偽裝，我，終究是過不去依依那邊的。

依依靜靜的望著我，神情由期待轉為憂傷，接著放開了我的手。

明明是伸手就能觸及的距離，但感覺卻逐漸遠去，連依依的手都沒辦法好好抓牢。

沉默，直到音樂聲響起。

「AIT集團少東秋廷先生。」依依突然的說。

「啊！？」我感到困惑，明知道我只是個分行理專，依依為什麼還這樣說呢？

「陪我跳支舞吧。」依依說完，把手再次伸向我。

我牽起依依的手，隨著她的腳步，前進、後退、抬手、轉圈，我們在流轉的音樂聲中，跳了一支又一支舞，當依依把臉頰輕枕在我胸膛時，我聽見她輕聲地說：「今晚，秋廷前輩是王子，我是公主，只可惜……」

　　「只可惜？」

　　「過了12點魔法就會消失。」依依回答，眼裡有著無限遺憾。

　　「依依，其實我……」我有股衝動，想對依依說，其實我也很喜歡她。

　　「我想，秋廷前輩是沒辦法過來我這邊了……」依依說完，放開了我的手，晶瑩的淚水順著臉頰滑了下來。

　　我伸出手，想替依依拭去淚水，卻在中途停了下來。

　　依依轉身，拋下了一切，往旋轉梯上跑去，留下了我與無限的遺憾。

　　「不追上去嗎？」身邊響起了店長的聲音。

　　我搖搖頭、輕嘆了嘆，回答：「我，是去不了依依那兒的。」

　　「是嗎？」店長不置可否的說。

　　我望著依依消失的背影，沒有回答。

　　「那麼，今晚的宴會結束了，但或許……」店長說到這兒停了下來。

　　「嗯？」

　　「故事才正要開始。」店長說完，露出了神祕的微笑。

依依

　　在宴會與秋廷前輩相遇後，過了幾個月。

　　從沒想過會在那種情況下，與秋廷前輩相遇，或許上天是為了成就我的思念，才讓他出現。

　　是的，秋廷前輩出現了，也與我共舞了，但宴會結束後，秋廷前輩回到他的世界，回到樂兒前輩身邊，我則繼續過著平常的生活，一切並沒有什麼不同。

　　啊！還是有點不同，那就是，我不再參加宴會了。

　　「依依，想出國嗎？」爸比這樣問我。

　　「我想想。」

　　當我終於決定出國遊學時，遇見了一個人。

　　「依依！？」有人喚了我的名字，那時，我正站在曾工作過的分行前發呆。

　　在出國前，唯一想做的，就是再看秋廷前輩一眼。

　　順著聲音傳來的方向望去，我見到了個熟悉的身影。

　　「真的是妳呀，依依，好久不見了。」她微笑的對我說。

　　「樂兒前輩！？」我驚呼，樂兒看起來比印象中更加美麗動人，是戀愛的力量嗎？

　　「呵，捨得回來看我們了呀！」樂兒微笑的說。

　　我尷尬地笑了笑，沒有回答。

　　「怎麼突然就離職了呢？」樂兒問。

　　「嗯，那個嘛……」我不曉得怎麼回答。

　　「難道……是秋廷欺負你嗎！？來！跟姊姊說，姊姊幫妳教訓他！」樂兒握緊拳頭的說，既可愛又貼心的動作。

　　「不是啦！秋廷前輩對我很好的。」我急忙地說。

　　「也是，他對女生，尤其是可愛女生沒有抵抗力。」樂兒說。

「是呀。」我點了點頭,然後張望了一下,開口問:「不過,好像沒見到秋廷前輩,他不在嗎?」

「嗯,不清楚呢,我才剛到……」樂兒笑了笑。

「啊?才剛到?」我困惑的問,樂兒前輩不是跟秋廷前輩在一起了,才剛到是什麼意思?

「依依離職後不久,我也調到其他分行,今天是回來辦事的。」樂兒回答說。

「啊?樂兒前輩調職?為什麼?」說到這兒,我停了下來,困惑的望著樂兒,他們不是在一起了嗎?

「為什麼呀……或許是因為被秋廷拒絕,太傷自尊心了,所以沒辦法再跟他一起工作……」樂兒微笑的說,但感覺有些憂傷。

「樂兒前輩……沒和秋廷前輩在一起嗎?」我確定似的問。

樂兒輕嘆了嘆,搖搖頭說:「即使擁有再多共同回憶,但有時,沒辦法的事就是沒辦法吧?我待在他身邊這麼久,但他卻在一瞬間,喜歡上另一個女孩。」

「喜歡上另一個女孩……」我喃喃的說,原來秋廷前輩喜歡的女孩,不是樂兒,那是誰呢?

「依依,就是妳呀。」樂兒緩緩的說。

「啊!?秋廷前輩喜歡我!?」我驚訝的說。

「所以說,依依妳幹麼突然離開呢?」樂兒困惑的問。

離開分行後,樂兒的話始終在我腦海裡縈繞不去。

是呀!我為什麼要離開呢?我應該先弄清楚秋廷前輩的心意,應該告訴秋廷前輩我喜歡他,應該勇敢去愛,別管我和他的世界有什麼不同,只要有心,都可以克服的,不是嗎?

現在的我,該怎麼做才好呢?我好想、好想再見秋廷前輩一

面……

　　我晃晃悠悠的開著車，停在了家明亮的店前，把車停好後，我望著店外大大的「7-11」招牌發呆，想起之前和秋廷前輩在這裡度過的時光，不禁微笑了起來。

　　「依依小姐？」有個聲音將我從回憶中喚了回來。

　　「啊，是店長先生。」我微笑的說。

　　「妳好久沒來店裡了呢。」店長笑著說。

　　「是呀，好久了。」我回答。

　　「不進來嗎？」店長問。

　　「嗯，只是想看看。」我回答。

　　「這樣呀，不過秋廷先生倒是常來呢。」店長隨口的說。

　　「在那之後，他還常來呀……」我喃喃的說。

　　「嗯，而且每次來都會問：『最近依依有沒有來過？』，感覺上，好像很思念依依小姐呢。」店長說。

　　「……」所以，樂兒說的是真的，秋廷前輩喜歡的女孩不是樂兒，而是我嗎？那他為什麼不告訴我呢？

　　「原以為帶秋廷先生去舞會後，故事就能繼續下去，看來或許還差一點。」店長說。

　　「什麼故事？」我困惑的問。

　　「喔！時間正好，看來故事能繼續了。」店長沒回答我的問題，卻說了些難以理解的話。

　　「我不太懂。」我說。

　　「因為秋廷先生來了。」店長說完，往店門口指了指，我順著他指的方向，見到了日夜思念的秋廷前輩，西裝筆挺的他，似乎又比幾個月前更加帥氣了。

我靜靜地望著秋廷前輩的身影，突然感到眼眶濕潤，眼淚不爭氣的滑落下來。看來，我比自己想像的還喜歡他。

　　秋廷前輩到店裡買了便當和咖啡後，便找了個位置坐下，而且，他選的是我們以前經常坐的位置。

　　「依依小姐，打算一直待在車裡嗎？」店長問。

　　「故事，真的能繼續下去嗎？」我問。

　　「當然。」店長回答。

　　「那故事的結局呢？」我再問。

　　「那就得看你們怎麼去寫了。」店長微笑回答。

　　我聽完，打開車門，深吸了口氣，朝秋廷前輩走去。

　　我靜靜地站在秋廷前輩面前，而他只是端著咖啡，望著店門發呆，直到發現我為止。

　　「依依！？」秋廷前輩大叫一聲，手上的咖啡也因為過於驚訝而掉落。

　　「秋廷前輩，瞧你嚇成這樣，我這麼可怕嗎？」我微笑的說。

　　「當然不是，我只是……只是……」秋廷前輩吞吞吐吐的說。

　　「只是什麼？」

　　秋廷前輩頓了頓，接著神情像是下定了什麼決心似的，他回答：「因為，我剛剛正想著以前我們一起在這裡吃東西、聊天的情景，沒想到，妳就出現在我的眼前了，所以，我才……」

　　「是呀，那時真的很開心，直到現在我也經常想起。」我附和的說。

　　「真的嗎！？依依也是嗎？」秋廷前輩似乎很高興。

　　我點點頭，接著說：「所以，我今天才會再來這裡。」

　　秋廷前輩沒有回答，只是用熱切的眼神望著我。

「我可以坐嗎？」我指著秋廷前輩對面的位子問。

「當然可以！」秋廷前輩說完，立刻過來替我把椅子拉開，他還是如同以往有紳士風度。

坐下之後，好一會兒，我只是望著秋廷前輩微笑。

「依依，怎麼不說話？」秋廷前輩問。

「秋廷前輩想讓我說什麼嗎？」我反問。

「啊！？讓妳說些什麼？」秋廷前輩顯得困惑。

「女孩有矜持的特權，有些話，本來就是該由男生先說的。」我暗示的說。

秋廷前輩聽完，臉上的表情似懂非懂，讓我有些惱火，不擅與女孩相處也要有個限度吧！

秋廷前輩靜靜地望著我，好一會兒沒說話，他別過臉看向7-11，再回過臉來時，神情變得堅毅，開口說：「依依，自從妳消失後，我一直很想念妳，想念我們一起在這裡度過的時光，我不明白妳為什麼突然離職，想盡辦法想找尋妳，卻遍尋不著，只好經常到這裡來，想著能不能再遇見妳……」

「現在，你遇見我了。」我說。

秋廷前輩聽完，沉吟了一會兒後，開口說：「依依，上回在舞會時遇見妳，雖然驚訝，但更多的是開心，經過細心打扮的妳，是那麼耀眼迷人。」

「秋廷前輩，這意思是平時的我不迷人囉？」我問。

「呃，我不是這意思，平時的依依當然也很迷人，妳知道我不太會說話……」秋廷前輩慌忙地說。

「這麼快就投降了，真沒意思耶，好啦！不逗你了，秋廷前輩，你繼續接著說吧。」我微笑的說。

秋廷前輩鬆了口氣，繼續說：「我打著集團少東的身分在舞會裡招搖撞騙，才充分體會到，依依妳身處的世界和我有多大的不同，兩個世界這麼不同的人，陰錯陽差地有了交集，在現實生活裡，最後不會有結果的吧？」秋廷前輩說到這兒，嘆了口氣。

　　聽到這兒，我心裡有了不好的預感，難道秋廷前輩的結論不是我想要的？我和他的故事只能到此為止，沒辦法再有續章了嗎？

　　「……所以呢？」我問。

　　「但是，即使明白我們身處世界的巨大差距，就算知道依依妳已經有了另一半，明知道不會有結果，但依依……」秋廷前輩說到這兒，停了下來，用著炙熱的眼神望著我。

　　「嗯？」我應了應。

　　「即使那樣，我還是喜歡妳，不可自拔的喜歡妳呀！」秋廷前輩說，眼裡流露著的心酸令人不捨。

　　終於聽到了，秋廷前輩心裡的話，而且是我想聽的話。

　　「秋廷前輩……」

　　「我想，我大概是去不了妳的世界了……」秋廷前輩喃喃的說。

　　「是嗎？」

　　「而且，依依妳也有男朋友了，我這樣會帶給妳困擾吧？我感到很抱歉……」秋廷前輩歉疚的說。

　　「是誰告訴你，我有男朋友？」我疑惑的問。

　　「有一回在這裡，妳不是接了通電話，我問是不是男朋友打來的，妳回答『算是吧』那不代表妳有男友嗎？」秋廷前輩回答。

　　「喔，是那個呀！那通電話是爹地打來的，有句話說『女兒是上輩子的情人』，所以，爹地也算是我的情人呀！」我回答說，原來我的一句玩笑話，讓秋廷前輩誤會了這麼久，也太老實了吧！

「啊！？」秋廷前輩驚訝的合不攏嘴。

「所以，我身邊是空著的喔！」我強調的說。

「但我真的能過去嗎？真的能喜歡妳嗎？」秋廷前輩困惑的說。

「為什麼不行？」我反問。

「但，我去不了妳那邊……」秋廷前輩說。

「其實，只要有心改變，我們的世界也沒那麼不同，而且，若秋廷前輩真的來不了我這兒，那麼，就由我過去你那邊吧！」我說，心裡有著滿滿的喜悅，是呀，若秋廷前輩來不了，那就我過去他那兒不就好了？

「所以，依依妳？」

「我喜歡秋廷前輩，想待在有你的地方。」我說，但真令人害羞，這還是生平第一次對男生告白呀。

「依依……」秋廷前輩笑顏逐開，好像很開心，但神情隨即黯淡了下來。

「我們這樣真的可以嗎？」秋廷前輩不安的問。

「為什麼不可以？或許以後會遇到些困難，我有時可能會耍大小姐脾氣，我爹地也可能不同意，但不管任何一對戀人，都存在著他們的難題，他們也沒因為那樣放棄呀，我相信，只要我和秋廷前輩一起努力，一定有辦法解決的。」我信心滿滿的說。

「是呀，就像我和小晴一樣。」一旁突然有個聲音這樣說。

「聿丞學長，偷聽人家說話，可不是好行為喔。」一旁的可愛女孩冷冷地說。

「冤枉呀！小晴，我只是關心客人而已。」店長解釋完，接著說：「話說回來，妳還不是跟著我一起偷聽？」

「哪有，我只是關心聿丞學長而已。」小晴回答。

秋廷前輩望著店長和小晴，微笑了起來。

「我們，也能像他們這樣幸福嗎？」秋廷前輩問。

「一定會的。」我回答。

秋廷前輩聽完，站起身走了過來，然後牽起了我的手。

歷經波折，公主終於等到了王子。

但未來等著我和秋廷前輩的，會是什麼？

故事，會再繼續下去，但結局，就看我們怎麼去寫了。

聿丞

　　最近這陣子，因為City Cafe週年慶的特價活動，買咖啡的客人增加了不少。

　　「聿丞學長，因為City Cafe第二杯半價的活動，寄杯的客人很多，我們要想個更有效率的方法，來管理寄杯客人的名單。」小晴這樣對我說。

　　我和小晴成為戀人，已經一年了。但小晴還是喜歡叫我聿丞學長，而且在生氣時，會改口叫我店長。

　　「小晴，我們都在一起這麼久了，一定要叫我『聿丞學長』嗎？不能叫個『親愛的』或『寶貝』之類的？」我半開玩笑地問。

　　「店長，我現在正跟你討論店裡的事情，請正經一點。」小晴冷冷地說。

　　「是的，我錯了，請原諒我。」我立即道歉。

　　「呵，聿丞學長好乖，這樣才對喔！」小晴笑著說。

　　「小晴，妳學長我從小心臟就不好……經不起驚嚇的。」我裝可憐的說。

　　「呵，少來！上禮拜不是才剛跑完太魯閣全馬42公里耶！還心臟不好咧！」小晴笑著說。

　　「喂！大庭廣眾下，放閃也要有個限度，我都快瞎了！客人來了啦！」一旁的阿添有些不悅的說。

　　「哇，員工怎麼比老闆還兇！？」小晴吐了吐舌頭。

　　「因為老闆只顧風花雪月、談情說愛，幸好有任勞任怨的員工在店裡苦苦支撐。」阿添很快地回答。

　　我微笑，沒有回答，走向咖啡機，接待來買咖啡的客人。

　　「請問要什麼？喔，是你們呀！」我說，來的是對情侶，由店裡的City Cafe催生的一對。

「是呀。」子軒笑著回答。

「生意很好呢！」小芙望了望四周，這樣說。

「嗯，週年慶的關係吧？」我回答。

「呵，不是因為店長很帥，小晴又很可愛的關係嗎？」小芙笑著問。

「哈，是這樣嗎？」我不置可否地笑了笑。

「你好像有些得意？」一旁的小晴突然地說。

「我哪有？而且人家也有稱讚妳耶！」我說。

「呵，小芙說的是事實，在還不認識你們前，我也覺得小晴很可愛，店長很帥氣。」子軒補充的說。

「看吧。」我對小晴攤了攤手。

「你……之前該不會是因為小晴可愛，才常來這兒的吧？」小芙像是突然發現什麼似的問。

「呃，這個……我也只是個普通男生嘛！」子軒間接承認了。

「嘻，其實我也是耶！」小芙笑著說。

「那現在呢？」我邊問，邊把咖啡遞給他們。

他們聽完後，相視而笑，然後自然地牽起手來。

不管周遭有多少可愛的女孩或帥氣的男孩，自己的另一半永遠是最美好、最順眼的那個，這大概就是所謂的愛情吧！

「其實，City Cafe也不算太好喝……」子軒突然地說。

「喂，這話在7-11店長面前說，是想怎樣？」我假裝生氣的說。

「但跟喜歡的人一起喝，就有些不同了。」子軒補充的說。

「真是太閃了，我可以暫時離開一下嗎？」小晴笑著說。

「呵，你們也可以呀！」小芙笑著說。

「哈，剛剛才被警告過呢！」我看了看一旁的阿添，微笑的說。

望著子軒和小芙兩人牽著手，在外頭一起享用咖啡的身影，覺得很開心。

　　「幹麼看著人家傻笑？」小晴問。

　　「我也不知道，就替他們感到很開心。」我回答。

　　「嗯，我可以體會那種感覺。」小晴說完，微笑了。

　　不管是誰，總希望在故事裡，見證愛情的美好。

　　因為愛情的美好，在現實中很難，但在故事裡就顯得容易多了。

　　像是說好了似的，在子軒和小芙還沒離開前，另一對情侶也到店裡來了。

　　他們站在商品櫃前討論著，好奇的我，悄悄的靠了過去。

　　「為什麼一定要來這兒買巧克力呢？選擇不多呢。」女孩問。

　　「因為，去年白色情人節送小雁的巧克力，就是一起在這兒買的，分開之後的再次相遇，也是這裡，對我們來說，這裡就像是命運之地。」男孩說。

　　「呵，命運之地呀！沒想到理性的阿謙也會相信命運呢！」小雁笑著說。

　　「若相信命運能讓我和小雁幸福的在一起，那麼我會永遠相信下去。」阿謙回答。

　　「唉呦，討厭啦！這樣講人家會很害羞耶！」小雁雙頰飛紅，忸怩的說。

　　「呵，今天究竟是怎麼了，店裡到處都有閃光彈，看來以後得加賣墨鏡這項商品了。」我笑著說。

　　「啊，店長。」阿謙微笑的點了點頭。

　　「店長，你別取笑人家了。」小雁嘟嘴的說，擁有纖細高佻身材的小雁，舉手投足卻像個小女孩，不禁讓人感到很可愛，難怪阿謙會這

麼喜歡她了。

「好好，是我不對。」我道歉的說完，轉頭望向阿謙說：「最近還好嗎？」

「嗯。」阿謙望向小雁，然後微笑的點了點頭。

「要一直都這麼幸福喔。」我說。

「我們會的，阿謙，對吧？」小雁說完，望向阿謙。

阿謙不好意思地搔了搔頭，然後用力的點頭。

「那耶誕節巧克力到底要買哪一種呀？」阿謙問。

「唉呦，是你要送人家的，怎麼又來問我呢？」小雁皺眉的說。

我微笑的離開甜蜜的兩人，回到了櫃檯。

「心情好像很好？」小晴問。

「是呀，因為又見證了一段美麗。」我回答。

「乾脆改成戀愛便利店好了。」小晴開玩笑的說。

「好主意，生意一定很好。」我附和的說。

「哈，還真的咧。」

不久之後，秋廷先生和依依，也在三點一刻下午茶時分出現了。

「跑業務到現在？」我問。

「是呀，今天到學校去拓展業務，中午跟幾個有興趣的老師詳細說明，一直到現在。」秋廷先生說，手裡拿著兩個御便當，點了兩杯大熱拿。

「辛苦了，但好像收穫不少？」我問。

「嗯，今天還不錯，談成了兩件case。」秋廷先生回答。

「看來又能重登分行冠軍了？」我說。

「呵，最近冠軍都是依依呢。」秋廷先生笑著說。

「沒辦法，依依這麼可愛，你又把她教得這麼專業，連我都想跟

她買了。」我說

　　「唉，無意間培養了個強勁的對手呀！」秋廷先生語氣無奈的說，但臉上有著止不住的笑意。

　　這時，依依突然在櫃台旁出現，我和秋廷先生下意識的立刻噤聲。

　　「是依依呀，最近好嗎？」我微笑的問。

　　「嗯，很不錯呀。」依依微笑的回答完，接著說：「不過，剛才你們在說我的壞話齁……」

　　「沒有呀。」秋廷先生馬上否認。

　　「的確沒有，依依為什麼會這麼想呢？」我問。

　　「因為我在外頭看你們聊得很開心，但我一進來，你們馬上安靜下來，有嫌疑……」依依一副審問犯人的模樣，讓人覺得很可愛。

　　秋廷先生顯然也這麼覺得，因為他整個人看的都呆住了。

　　「幹麼一直這樣看著人家啦！」依依臉紅的說。

　　「因為……太好看了……」秋廷先生回答。

　　「又一顆閃光彈炸裂了。」身後的小晴突然冒出這句話。

　　「哈，但秋廷先生可能沒意識到，說這話是在放閃吧？」我笑著說。

　　「他這個人就是這樣少根筋啦！也沒考慮到這樣說，人家會很害羞的！」依依抱怨的說，雖然嘴裡在抱怨，但臉上的神情卻是甜滋滋的。

　　「對不起，我以後會改進的……」秋廷先生道歉的說。

　　「不過，依依心裡其實很開心吧？」我問。

　　「咦？依依，是嗎？」秋廷先生神情困惑的問。

　　「嘻～才不告訴你呢！」依依吐了吐舌頭。

　　秋廷先生和依依演完了王子與公主的戲碼，迎來了童話故事般的

結局，但其實屬於他們的故事才正要開始。

　　還有子軒和小芙、阿謙和小雁，他們的故事大概還會繼續進行下去，不曉得他們的故事到最後，能迎來幸福嗎？

　　「在想什麼呢？」身後的小晴柔聲問。

　　「我在想，這些愛情故事能一直幸福到最後嗎？」

　　「或許可以，或許沒辦法。」小晴說。

　　「或許沒辦法嗎？」我有些失望的問。

　　「但至少，他們現在是幸福的，未來能不能一直幸福下去，就看他們自己了。」小晴回答。

　　「那我們呢？」我問小晴。

　　「我們？」

　　「我們的故事，會迎來幸福的結局嗎？」我問。

　　「呵，我不知道呢，但我現在……」小晴說到這兒，停了下來。

　　「嗯？」

　　「已經很幸福了。」小晴說完，躲進了我的懷抱。

　　「喂，整天這樣，還要不要做生意呀！」一旁的阿添抱怨的說，但卻是微笑地望著我們。

　　我們需要的幸福並不在過去，也不在未來，我們要的，是現在就能感受到的幸福。

　　店裡，人們依然來來去去。

　　他們相遇了，下一個故事便開始了。

　　　　　　　　　　　　　　　　《7-11，遇見》by dj

　　　　　　　　　　　　　　2015/6/15完成於「甜在心咖啡館」

國家圖書館出版品預行編目資料

7-11，遇見／dj著. --初版.--臺中市：白象文
化，2016.4
　　面：　公分.——（說故事；55）
　ISBN 978-986-358-315-8（平裝）

857.7　　　　　　　　　　　105000861

說故事（55）

7-11，遇見

作　　者　dj
校　　對　dj
專案主編　蔡晴如
出版經紀　徐錦淳、林榮威、吳適意、林孟侃、陳逸儒、蔡晴如
設計創意　張禮南、何佳諠
經銷推廣　李莉吟、莊博亞、劉育姍
行銷企劃　黃姿虹、黃麗穎、劉承薇
營運管理　張輝潭、林金郎、曾千熏
發 行 人　張輝潭
出版發行　白象文化事業有限公司
　　　　　402台中市南區美村路二段392號
　　　　　出版、購書專線：（04）2265-2939
　　　　　傳真：（04）2265-1171
印　　刷　基盛印刷工場
初版一刷　2016年4月
定　　價　180元

白象文化　印書小舖　出版 · 經銷 · 宣傳 · 設計
PressStore 出版平起
www.ElephantWhite.com.tw　f 自費出版的領導者　購書 白象文化生活館